U0146111

人间世笔记

蒋子龙

作家出版社

　　蒋子龙，1941年生于河北沧州，1962年开始发表作品，多次获得全国短篇小说奖和中篇小说奖，代表作有《乔厂长上任记》、《农民帝国》等。2010年由人民文学出版社出版了14卷本的《蒋子龙文集》。曾任中国作家协会副主席、天津作家协会主席。

目 录

第二辑

第一辑

幸福里

　　老马，大名步良，年已七十有五。身体羸弱，心脏不好，肠胃不好，睡眠不好，血压还有点高……总之浑身是病。全靠有个好老伴照顾，活得倒也滋润。这天老伴突然觉得喘不上气来，还咳了一摊血，送到医院一查，竟是肺癌晚期。

　　从老伴住院的那一刻起，他就抓着老伴的手不放，嘴里说个不停，全是自责：都怪我，都是为了照顾我把你累成这样的，我总以为你比我年轻两岁，身体也比我好，闹了半天你是强撑着！你可不能出事，花多少钱咱都治，咱有存积蓄，闺女女婿也有钱，他们都是孝顺孩子。没有你我可没法活，闺女忙，谁管我？咱俩不是早就说好了嘛，我先走，你送我……随着老伴的病情越来越重，不是一天比一天重，而是一刻比一刻重，老马神情凄惶，眼神迷离，不再出声，跟谁也不再说话，谁问什么也不搭腔，只是默默地抓着老伴的手，一刻也不松开。直到晚上被逼着回家睡一觉，至于睡着睡不着，那就另说了。

他走后，老伴强打精神嘱咐女儿：你爸可能没安好心，平时家里的药都是我管着，放药的抽屉里有个安眠药的小瓶，里面大概还有二十多粒，白天趁你爸在医院的时候你回家一趟，把安眠药片倒出来，数数多少片，再换上谷维素片。

送走老伴从火化场回到家，女儿跟他说，以后就不要起火了，跟我们一块吃，哪天累了不想动，我就做好饭菜送过来，好在只隔着一个门。他哪有胃口，几天来都没有好好吃东西，仍然一点不饿，晚上只喝了多半碗面汤，就回到自己的家。家还是原来的那个家，却一下子变得特别空旷而陌生，实际上这也不是他的家了，小时候老娘在哪儿，哪儿就是家，老了有老伴就有家，老伴一走，家充其量就是个安身的窝。他在火化场没有掉泪，此时却悲从中来，躲进卫生间，关好门窗，打开水龙头，擗踊拊心，放声痛哭。

直到哭够了，洗了个澡，出来换上自己最喜欢的干净衣服，坐在椅子上，对着老伴的遗像开始说话：老梁啊，算啦，还是像刚搞对象的时候叫你惠洁吧。世人都认为长寿好，可对老两口子来说，谁先走谁有福，长寿的那个反而受罪。老话说"过一不过三"，一对老夫妻先走了一个，剩下的那一个大多都活不过一年，即使活过了一年也逃不过三年，我病病秧秧的，就不想再多受那一年的罪了！咱住的这个幸福里，可不是老年人的幸福里，六号门的老杨，比我大两岁，自年初老伴死后就不出门，谁劝也不行。理由很奇怪，怕丢人现眼，没脸见人，总觉得心里冤屈得慌，还老哭……谁都不理解，说他脑子出了毛病，我现在倒觉得有点理解他的感受。再说三号门的李老太太，老伴死后她小脑萎缩，走失过一次，就被孩子关在屋里，外面上锁，里面放好吃的东西。有时吃，有时不吃，没到两个月就死了。四号楼的大老王，跟我是一个单位的，每天早晨买一大堆菜、肉，有时还有水产，下午估计儿媳妇们快下班了，就出去遛了。两个儿媳妇特别团结，下班后都到老公公这儿来，两个人合计着把饭菜做好，两家人吃完，再各自带着明天中午吃的，当然也给老头剩一点。等儿孙们都走了，老王才回家，说回家早了看见儿媳妇们连吃再带，怕人家不好意思。他每个月把自己那点退休费花得精光还不够，老伴活着时攒了一点钱，等把那点存款花完，还不知该怎么办？说起来还是咱的闺女好，他们两口子工作都不错，收入也不少，外孙子已经上了大学，咱们算是没有牵挂了，只有我是她的累赘。人想人是天下最苦的事了，特别是想死人。这些天我翻过来掉过去，前思后想，决定跟着你一块走，比赖赖巴巴活着强。你等我一会儿，我马上就来。

他从抽屉里找出那少半瓶安眠药，从柜子里拿出整瓶的直沽高粱，他打听过了，就着水服死不了人，反而又吐又难受白折腾一通，用白酒送服安眠药则必死无疑，舒舒服服就睡过去了。他去卫生间，把体内的脏东西打扫干净，再穿上几乎还没怎么穿过的那身西装，将安眠药全倒进嘴里，仰脖咕咚咕咚喝了几大口白酒，险些没有呛着。随后按照人死后的姿势慢慢仰面躺好，欢欣鼓舞地等着去见老伴了，肯定会给她个惊喜。

在去见老伴的路上并不舒服，肚子不好受，脑袋又疼又涨，有一段时间感到身体似乎是飞了起来，显然是要进天堂了……四外一片亮堂，想必天堂已到，他猛地睁开眼，没有万丈祥云，没有五彩霞光，跟人间差不多，心里还有点失望。女儿开门进来，一手端着豆浆、一手拿着烧饼油条……他大叫一声，你怎么来了，你娘哪！眼睛瞪得老大，像中邪一般。

女儿放下早点，顺手把酒瓶子放进柜子里：昨天晚上自己一个人又喝酒了？还喝多了，穿着衣服就睡了！以后馋酒在吃饭的时候喝，不能一个人喝闷酒。她又拿起安眠药瓶晃了晃，说道：安眠药没了，以后睡前我给您拿过来，一次只能吃一片，不能多吃……这时老马清醒过来，自己没有死，只是睡了一大觉，到天堂边上转了一圈又回来了。他把女儿赶走，起来看了看安眠药的瓶子，又到放药的抽屉里翻了半天，没错，就是这一瓶，他数过一共二十七片，足以置人于死地，为什么对他无效？

他突然放声大笑，虽然笑得很瘆人，好在屋里也没有别人。笑过之后高声对自己说：我想死你不让我死，看来我的命很硬，不该死，不能死。那我还就不死了，活个样给你看。他洗漱完竟然把女儿买的早点都吃光了，将那身西装重新放回衣柜，换上平常的行头，开始琢磨今后怎么活法。人最难相处的就是跟自己，如果关死门天天跟自己相处，不出两个月，不死也疯，要不就痴呆了。一定得出去，老伴走了没人相处，就想办法找点事干，跟事、跟物相处，尽量减少一个人傻待着的时间。能找到什么事干呢？当下没有补差的地方，哪里都不要老头了……在马路边上跟一帮老头下棋打牌？他不喜欢。到公园唱戏，他不会，也拉不下那个脸，自小唱歌就不好……憋了半天也想不出好主意，不管那么多，先出去溜达溜达再说，实在不行我就一天天地在外边转悠，转悠不动了回来就睡。

他还没有走出小区，一会儿工夫就看到每个楼栋口前的垃圾箱被两三个人翻腾，好像还都有所收获，不觉心里一动，买了两瓶矿泉水，送给一个捡垃圾的人，并跟他走了大半天，中午还请他吃了半斤包子，傍晚跟他去了最近的废品收购站，算是把捡破烂的全部程序都学会了。

第二天穿上一身旧衣服，背上一个大袋子，开始了捡破烂。中午背回一大兜子，一堆堆分类放好，吃过午饭，躺了一会儿才又出去，傍晚前早早收工，送到废品站卖了二十元，十分高兴。回家洗了澡，到女儿家吃晚饭。晚上琢磨好明天的路线，一觉睡到天亮。第二天卖了四十元，第三天五十元……他渐渐摸出了一点门道，路线选好，时间赶巧，每天收获个百八十元是正常的。

更重要的是他原以为自己是病秧子，成天不是这儿疼就是那儿疼，通身上下没有好受的地方，现在才明白，是老伴对自己太好，什么事都不用操心，油瓶子倒了也不用他扶，反倒把他惯坏了。如今上午捡两三个小时，中午在家睡一觉，下午捡两三个小时，反而吃得饱，睡得着，身上也有劲了。看来所谓命硬，首先得心比命硬。

第四天，正在家里将废品分好类，闸板扣好送往废品站，女儿特意提前下班将他堵在屋里，跟他大闹：别说你有退休费，就是没有我也养得起你，我妈刚死你就去捡破烂，邻居们都知道了，这不是寒碜人吗？你不嫌丢脸，我还嫌丢脸哪！

老马突然上来脾气：屁话！我捡破烂丢得着你的脸吗？你嫌弃就别认我这个爹，我也不用你管，从今天起我不会再到你那儿去吃饭了，我自己能照管自己。

女儿气得哭着走了，却还是舍不得丢下这个"破烂爹"不管，每天晚上仍然热汤热饭的给送过来。老马自由了，脸也拉下来了，大大方方地开始了"破烂生涯"。每天轻轻松松进账五六十元，赶上运气好上百，甚至过百，自然而然也结识了一些破烂中人，特别是老年妇女，有的有家有口，穿得干干净净捎带着也捡点破烂。现代社会浪费太大了，年轻人什么都扔，捡破烂跟过去学雷锋做好事差不多，弯弯腰就是钱，不捡白不捡。其中一个沈老太，快七十岁了，是破烂行中的老手，教给老马很多捡破烂的经验。

过去她家里穷，自小捡煤渣，中年下岗后就开始捡破烂，丈夫跑运输赚外快，开夜车缺觉，出车祸死了。她一个人靠捡破烂供儿子念完大学。儿子现在是个小老板，给她在一个比幸福里高档的新小区买了一套一百多平米的大房子，任她折腾，在厅里进行垃圾分类。她和老马很谈得来，还专门到老马的家里指导他怎样进行破烂分类容易装车，这在邻居间引起轰动：

老马捡破烂，还捡了个老伴。

醉马列

郭振清，天生就该是演员。六岁当"喜歌童子"，并且"小"有名气，远近有办喜事的，都喊他去唱喜歌。一身戏台上站在观音娘娘旁边的金童打扮，戴着高帽子，引领新郎新娘，嗓音稚嫩但响亮脆生：

入金门，上金堂，

新婚庆典喜洋洋。

新郎才华高八斗，

下凡的嫦娥是新娘……

谁家治丧都要请他去，黑袍黑帽，肃立于大门之外，一见吹鼓手来了，深吸一口气，然后铿然一声"呜……"一口气不能断，用"呜"声将鼓乐班子引进灵堂前，接上唢呐、管子的"呜喇哇"……

1951年不足16岁，主演话剧《三世冤仇》，一炮打红，当时报纸上的评论是："把天津卫震了"！冬天演夏天的故事，穿得单薄，与女主角有一场拥抱接吻的戏，常常两个人的鼻子粘上了，拉丝老长。每有此景，场下必掌声雷动，说明演员入戏很深，声泪俱下。

走红后正式进入戏剧界。成年后的郭振清，风骨魁奇，肝胆清朗，主演话剧《六号门》，不只是"震"了天津卫，也轰动了全国的话剧舞台。

后来此戏要搬上银幕，扮演他妻子的女演员在电影界已现明星范儿，每次跟他排感情戏，当他的手抚摸她的后背，或拉她的手，她都有种奇异的火烧火燎的感觉。这说明郭振清爆发力强，演到动情处是真有情，摸她的手如同摸她全身。正好她是剧组团支部书记，声言要给他介绍对象。

郭振清很实在："我是天津卫，你们电影界的人恐怕高攀不上。"

自此以后，戏中的妻子老找戏中的丈夫谈心，帮助他，指出他生活中的一些小毛病，每次都说要给他介绍对象，却又不说介绍谁。一来二去，时间可就不短了，有一次她又这样说，郭振清看着眼前丰姿美质的女明星，越看越爱，接口就问："我爱上你了，行不行呢？"

女支书羞红了脸："那怎么还不行呢！"或许心里想说的是："我早就等着你这么说呢！"

郭振清低声说："咱们去宿舍吧。"

女明星点点头。到了宿舍，两人呼吸紧张，闷口无语。在戏内是夫妻，到了戏外，两人又都是名角，竟跟普通的初恋男女没有什么区别，拙嘴笨舌。憋了好一会儿，郭振清终于先出声："把灯关了行吗?"

老套子，一关灯就没好事。一个才华横溢的演员，一离开舞台竟如此没有创造力。

她也一样，已经紧张得只会点头了。

关灯后他凑上去亲了她一口。

再开灯两人就自然多了。原来就差这一口，随后再谈情说爱也顺溜多了。

谈得差不多了，两人出去吃饭，他特意让她喝了点酒。吃完饭，两人踏着大雪往回走，嘎吱，嘎吱 …… 几十年之后郭振清向朋友们谈起这段初恋，还啧啧不已："那才是谈恋爱!"

他拍感情戏之前，会坐在将要跟自己配戏的女演员对面，不错眼珠地盯着看，他说这也是一种美。导演一下令开拍，立刻入戏。不是感情戏，则独坐一隅，凡人不理，一开拍也立即入戏。后来出演电影《平原游击队》中的李向阳，成为银幕上的经典。后人翻拍，难以超越。

他喜欢喝酒，酒德也好。酒后各种趣闻、奇人奇事，滔滔乎其来，妙语连珠。朋友们都喜欢约他聚会。1957年到农场劳动锻炼了两三年，再回来，练就了一种独门功夫。酒量仍然不小，但酒后不再说笑话、讲段子，而是整篇的或声情并茂、或用炒崩豆般的速度背诵《共产党宣言》、列宁的《哲学笔记》……

　　而且他一旦开始背诵，你想不听不行，你想走也不行。故，人送美称："醉马列"。

文人的富豪梦

　　2016年9月的一天，坐落于鄂西南大巴山余脉山坳里的沙土坪，家家张灯结彩，洋溢着一片铺天盖地的喜气。

　　本村的富翁王先生说了，今天是他老娘90寿诞，不收贺礼，谁家只要在门前挂个红灯，或在门上贴个大红的"寿"字，全家无论有几口人，中午都可以到村口大榕树前的广场上吃寿宴。而大红灯笼和"寿"字，无须自己准备，可以到王府去领 —— 王先生想得太周到了。

　　既然富甲一方，就要造福一方。村里唯一能接上官道的大路，就是王先生自掏40万元修的，大路两旁的电线杆和树干上也都挂上了彩旗 …… 村口的大榕树据传有600岁了，地下的粗根拱出地面，若虬龙转腾，上面的气根千条，垂挂如帐，巨榕枝叶繁茂，遮蔽半空，巍巍然立地擎天。极粗大的树干上缠着一条条或黄或红的绸带，树下摆着供果，烧着高香。

古榕系庙神合一，既是沙土坪的庙，也是全村人心目中的神，谁家有病有灾，都到榕树下烧香磕头，祈求树神保佑。古榕当然也是沙土坪全部风水的象征，村民们认为，全仗有这棵树，沙土坪才出了个王先生。

上午10点钟整，鼓乐声大作，乐队引导着一乘18人抬的大轿来到王府的正门前停下。18个抬轿的青年人，黄衣黄裤，头扎红丝巾，在轿前站成"八"字形，等候寿星老太太出来。

眼前的王府，是沙土坪唯一的一座三层"中楼"。为什么说它是"中楼"？比一般的别墅式小洋楼大得多，比城市的办公楼、写字楼又小得多，故称"中楼"。王府中楼，有三个门，中间的正门堂皇而高大，可进汽车，家人和来访的正部级以上的干部，才能走此门。亲戚走南侧门，一般朋友及正部级以下的来访者，走北侧门。

那天我这个没有级别的人却很荣幸地走了正门，因为大门正上方的"王府"两个字是我题的。由此我跟王先生的关系就不能算"一般"了。大门两侧有一副长联，可以从中窥测王先生的人生追求和发财之路：

九千里露重飞难进南下北漂一枕黄粱谋社稷

半世纪风多响易沉刀耕火种十步芳草觅本王

进门是一个游泳池，我猜测可能是取风水学上"负阴抱阳，充气以为和"之意，就像天安门前有条金水河一样，水也象征财嘛。后面即是像模像样的三层楼，房间很多，分出不同的区域，二楼一半的房间摆放着王先生的收藏品……这座楼大概就体现了一个文化人成为富翁后的全部梦想。

"老寿星"也住在二楼，着盛装由王先生和他的姐妹搀扶着下楼，上了十八抬大轿，要在村里悠悠荡荡、风光无限地转上一大圈儿。

趁这个空儿，我粗略介绍一下王先生。其大名王春，光头，面善，身材精壮，百度上称他为"著名作家"。

20多年前，他离开沙土坪去了深圳，打过工、写了一些文章、策划过各式各样的活动、结交了各种各样的人物，其中不乏高人和奇人……当时中国的所有文学期刊几乎都缺钱，于是他被请到了北京，担任一些国家级文学刊物的"常务副社长"或"总监"之类的职务，利用他广泛的人脉，联系全国各地的企业和机关，举办作家采风、文学评奖等活动，活跃了文坛，帮助文学杂志免除经费不足之虞，专致提高刊物质量、扩大影响……实在也是一种功德。

有一年中秋节前夕，他请我的老熟人、《中国作家》杂志副主编陪同，提着一盒精美的月饼来天津找我，让我为一个我所熟悉的重型机器制造业的企业家立传，月饼盒里还装着10万元现金作为预付的定金。后来因那位企业家心机太深，只想用空泛的东西获得没有任何副作用的空泛的声名，我辞掉了那份委托，将10万元退还给王春。却认定这个人可交，大方明正，通达守信，深谙世故人情，又不张扬，很安静，是个能成事的人……

话扯远了，笔墨还是回到沙土坪。老寿星坐着大轿，由儿女陪着在村里兜了一大圈儿，最后来到村口的古榕树下落轿。大树下搭了一个台子，台子正中央放着一个大沙发，众人扶老人上台在沙发上坐下。

台下的广场上摆开了100张桌子，全村的人应该都来了，熙熙攘攘，热闹非常，特别是孩子们，像等着开大戏一样嬉笑打闹……所有人都等着千人寿宴开始。

但，开席前还有一项活动，颁发"王春孝顺散文奖"。由他个人出资，三个月前就向全省发出了征文启事，最终收到了数千件稿子，从中评选出三等奖六名，每名奖金3000元，由沙土坪村委会主任颁发。二等奖两名，奖金每人6000元，由王春颁发。一等奖一名，奖金9000元，由90岁老寿星亲自颁发。引得广场上一阵又一阵的欢呼雀跃。

——这是王春的孝，也体现了这个大孝子的文学情怀。

发奖会结束，王春宣布庆祝他母亲90大寿的"村宴"开始，广场两侧有无数系着白围裙的人，端着盘子一拥而出……办这样的全村大宴，光是有钱不行，还得敢想敢干：一千人的寿宴，快赶上人民大会堂的国宴了。

这让沙土坪的人开了眼界，也必将载入沙土坪村史，只是不知道对当地的孝道到底能有多大的影响？或许还会让不肖子孙得到一个反证："我没有王春那么多钱，没法孝顺！"

熊冠三

熊冠三，面黑体壮，眼光中正，性烈，至孝。每天必为母亲准备好早饭，才去上班。当过化学兵，中国第一颗原子弹爆炸时他在现场。转业后任机械局保卫处副处长，后下派到出名的烂摊子、没人愿意去的红星机修厂任厂长兼书记。上任第二天，有警察到厂，要拿走一个职工的档案，送往大西北劳动改造。他为警察斟了一杯水，让其在办公室等候，自己来到人事科，了解事情原委。

犯事的人叫二膘子，真名刘传标，厂里的一个小流氓，除去惹祸干什么都不行。前几年进过公安局，出来后老实了两年，好不容易找了个对象，为讨好丈母娘给修理厨房的下水道，昨天晚上来厂里偷管子被巡逻的民兵当场抓住，现在社会上正开展"严厉打击流氓罪"运动，算他倒霉赶上了，往大西北一送，这辈子就算交待了，媳妇也白娶了。

熊冠三回到办公室对警察说，事情有出入，我跟你去一趟当面再问他一次，如果还要往大西北送，我派人把他的档案给你送去。他跟着警察来到派出所，警察到里边把二膘子带出来，冠三跟他一对眼神，抡起胳膊就是一个大嘴巴子。这一巴掌扇的，二膘子在地上转了一圈儿扑通就跪下了，一股鲜血从嘴角流出来，冠三指着他骂道：我在局里干保卫还不懂这个，他们打你你就承认？咱不说好折钱吗，下个月从你工资里扣。窝囊废！

冠三越骂越气又想抡胳膊，二膘子直冲着他作揖：厂长你不知道啊，他们晚上没事拿我找乐儿，往死里打，我不承认就见不着你了。你得救我啊厂长！

冠三回身看看警察：你都听明白了，这个人我得领走。警察点点头，人家厂长来领人，焉能不放。回厂后熊冠三让一无所长的二膘子去动力科烧锅炉。

熊冠三为了尽快熟悉机修厂的情况，上午听各科室的汇报，下午到各车间里转，有不明白的就问，碰上对眼的就聊一会儿，在铆焊车间看到一个挺着大肚子的女工满车间捡边料，边料都是带刺的铁块，轻者几斤，重的十几公斤，还要不停地弯腰，这不是糟改嘛！他喊住了那个女工问：怀孕几个月了？

八个月了。

八个月了还干这个？女工眼圈红了，却不敢多说。

你叫什么名字？

刘兰芬。

冠三把车间主任找来，主任说是劳资科长王贵有定的，她不知怎么得罪了他，就是故意整她。

她是你车间的工人，为什么任凭王贵有整？

工种分配是劳资科的权力，车间无权更改。

屁话，你是不是跟王贵有是一伙的？

车间主任为自己百般辩解，冠三直盯着主任的眼睛，不让他躲闪，也不相信他的话：你车间里就没有轻松点的活儿？

她原是焊工，有些活儿可以坐着干。

那就马上让她回去干本行。

第二天一上班，熊冠三来到劳资科听汇报。王贵有通身上下清爽整洁，白面，微胖，眼光犀利，充满自信，他的汇报简短，有条理，却都是应付外行的漂亮话，劳资科的真正业务谈得很少。熊冠三领导过部队的化工连、营、团，干企业隔行不隔理，在局里这几年也没少往企业里跑，自然听得出王贵有在糊弄他，甚至还猜得出王贵有的心思，他这个厂长能当多长时间恐怕也得取决于王贵有。

等王贵有汇报完，冷了一会儿场，冠三才开口：工人们说，红星机修厂干不好是因为有两大能人，你王贵有就是一霸。就这一句开场白，整个劳资科的人都傻眼了，王贵有的脸也立刻变色了，冠三看着他不紧不慢继续往下说，铆焊车间女焊工刘兰芬，挺着怀孕八个月的大肚子，天天在车间里搬边料，就因为你怀疑她跟你的对头生产科长好。孕妇犯了罪都暂时不收监，有什么刑罚都等到生完孩子再说，你这一手关乎着两条人命，这是迫害妇女，违反国家劳动法，就凭这一条我就可以把你送进去，至少流放大西北，你信不信？

王贵有登时就尿了，整个人都塌架了，往常的冷傲变成一脸卑微：厂长，我不是有意的，没想到事情这么严重……

熊冠三眼带凶威，眉横杀气，摆手不让他说下去：散会后你把工作跟副科长交代一下，放你半天假，明天一上班到这儿报到，找副科长给你分配个工种，下去当工人，工人当好了再说。他转头看着副科长说：你暂时代理劳资科长，警告你一句话，别当人贩子。红星厂是国家的，别拿着国家给的权力拿大爷，这个厂没有谁都行，包括我熊冠三。谁不想干现在就举手，明天下车间，如果再让我听到工人骂你们劳资科是人贩子，就不会像今天这么客气，我是干保卫的出身，咱们就公事公办！

熊冠三除了工厂的两霸，改选了党总支，到年底竟破天荒地完成了局里下达的生产任务。在各车间报上的"先进生产者"名单里，他看见了"二膘子"刘传标的名字，一问动力科，这小子还真被他那重重的一巴掌给打过来了，干活拼命，有一天晚上来煤进不了厂，他本来是下中班，却光着膀子干了一夜，用小车把煤一车车地运进了锅炉房。

俗话云："宁得罪君子，不得罪小人。"王贵有就是小人，每隔一段时间，他就用两张蓝靛纸垫着写一封告状信，一式三份，署名"红星机修厂广大群众"或"部分群众"，花上三八两角四分钱，分别寄给中央、市里、局里。告状信的内容也经常更新，国家开展反对浪费运动，他就检举熊冠三贪污受贿；国家搞"一打三反"，他就揭发熊冠三强奸女工……说得有鼻子有眼，上边一次次地下来调查。熊冠三的做人处事就像他当兵时的背包一样，四角四方，八面见线，调查不出什么问题，但癞蛤蟆趴在脚面上——不咬人恶心人。上边也老批评熊冠三，你说你没啥问题，为什么有人老是告你？也就仗着红星机修厂被他管得不错，没有调他，也没有提拔他。

"文革"一开始他被彻底打倒，因态度不好腰椎被打断，后半生在轮椅上度过。令他欣慰的是，每年春节刘传标都带着老婆孩子去他家里拜年。

老神仙和小神仙

上世纪90年代，河北省政协委员中有一老一小两个神仙。

被尊为"老神仙"的韩羽，画笔通神，独具一格，画面上的人物个个冒灵气儿。他成为"老神仙"是水到渠成的事，小时候就是神童，七八岁时常被四邻八乡办丧事的人家拉去往棺材上画八仙。这是山东农村治丧中的重要环节，为什么对他不像对成人画匠那样用个"请"字，而是"拉去"？

冬天冻得拿不住画笔，夏天蹲在棺材旁边又热得受不了，他往往画不完就跑了。主家不得不派人四处寻找，有时还不得不揪着他的耳朵，将他拉到棺材旁边继续持笔画仙。但到吃饭的时候，他还是被尊为上宾，坐到贵宾席上大鱼大肉吃个够。他之所以被揪着耳朵还要去画棺材，也多半是为了这顿饭。

他还是中国画家中迄今唯一出过5卷本文集，并获得过鲁迅文学奖的人，其文字之精到峭拔以及深含的智趣，恐怕只有齐白石有些画的题跋，可与之比肩。其头大而光，与年画上的老寿星一般无二，开口便是隽言妙语，很一般的话从他嘴里说出来就妙趣横生。谁见到他都自然而然地联想到"神仙"二字，他想不成神都不行。

"小神仙"是贾大山，也是快50岁的人了，但跟70多岁的"老神仙"相比，自然是"小"得多了。大山是我文学讲习所的同学，那时就有点神气，平时话语很少，特立独行，会唱两口二黄，会看相却不轻易给人看，会断五行、批八字，也不轻易显露此技，愈显得一副莫测高深的仙风道骨样。最神的是他自己写的小说，哪怕长达六七千字，能一字不落的背诵下来，我曾多次验证过。好在他还没有写过长篇小说，或许这也正是他不写长篇的原因。贾大山，"大仙也"。如假包换又是河北文坛上的一座"大山"。

这样一老一小两位神仙，自然是一年一度的河北政协大会上的一景。后来因年纪大了，"老神仙"常请假不到会，或只听大会报告，不参加小组会讨论。凡"老神仙"不在，"小神仙"就甚觉无趣，以后也学精了，会期快到的时候给"老神仙"打电话，"老神仙"去，他就去，"老神仙"不去，他也请假。幸好当时的政协比较宽松，没有非要他们每会必到。

——这倒引出两个"神仙"人物的一段佳话。

当时"老神仙"韩羽，在《河北日报》上开了个专栏，每周一期，每期画一个人物配上一段话。这个栏目有意思，读者甚众，有些读者和朋友甚至公开给他出题，要求他画某个公众人物，有人就出题让他画"小神仙"贾大山。

越熟越不好画，到了交稿的日子，他遽然灵光一闪，噌噌几笔一挥而就，画了一幅贾大山坐在桌前写作的"后背图"，活泼生动，神与形毕现。

题跋曰："贾大山自甘寂寞，埋头写作，不喜出头露面。只画背影，意在颂彼之长。

"我本画技不高，难得肖似。只画背影，实为避己之短。"

妙吧？正如陈楚南《题背面美人图》："美人背倚玉栏杆，惆怅花容一见难。几度唤她她不转，痴心欲掉画图看。"画人画背不画脸，更吊人胃口。

贾大山喜不自胜，却打电话质问"老神仙"："为什么画别人都画脸，偏是画我只画后脑勺？"

"老神仙"答道："久不见你，忘记你长的什么样了。"

"小神仙"顺坡下驴："您说话算数，改天到府上拜望，向您讨要一张我的脸。"

收税员

　　1949 —— 1989的四十年间，中国有一种公务员，或许是最难干的，即收税员。其难有三：

　　一、老百姓缺乏纳税的权利和意识，认为偷钱偷物算偷，偷税不算偷。缴税是心痛肉痛，漏掉赖掉是省了、捡个便宜。

　　二、社会上确实存在乱收税之弊，收税为己所用，大到政府机关，小到街道老太太收卫生税，警察收路税，医院收病人的税。

　　三、收税方法落后，面对面要钱。世上老实人多，遵纪守法，你要多少就给多少。但任何社会都有例外，被逼急的、穷疯的、家里摊上事正一脑门官司的、或者什么原因都没有就是一看见收税的就不顺眼……

　　大连税务局有一英雄式的女收税员，芳名许薇。天姿巧慧，模样很甜，一笑脸上俩酒窝，会计学校一毕业就收税。悟性极高，几年干下来，进市场一眼就能看出卖鸡蛋的小贩篮子里有多少鸡蛋，该收多少税。根据屠夫案板上剩下的猪肉和骨头，就能断出他卖了多少肉，该缴多少税。一个容貌姣好的青年女子，碰上良善之人，你说多少就给多少，碰上硬茬儿，正是好欺负的对象。

她曾被打得头破血流，把收税的票据兜子揣在胸前，爬出了市场。也曾被卖肉的用刀在她的身上划一下，问一声："还收税吗？"

旁边看热闹的人齐声呼应："还敢不敢再来收税？"

"刀尖再划深点，好让她长点记性！"

"年纪轻轻干点什么不好，非干这缺德的事，就不怕生了孩子没有屁眼儿！"

伤好后，她挎着收税的兜子又出现在市场上，仍旧是一副甜甜的模样，一笑俩酒窝。那些想抗税的人见了，却毛骨悚然，原来她是滚刀肉！杀她又不敢，不杀她就得缴税啊！

1989年以后，中国开始学习发达国家，由国家集中收税。许薇终于可以不再到市场上面对面的要钱，也避免了受伤乃至生命危险。

薛傻子

人人都叫他傻子，其实他并不傻。只是为人忠厚木讷，特别是干活肯卖傻力气，别人都是"干不干，三顿饭""炕头上一蹲，啥也不少分"，而他领了队长分派的任务，总是闷头闷脑一干就是一天。白天在地里傻干，晚上在炕上也傻干，刚四十岁就有了四个孩子。老婆在生第四个孩子时，得产后风死了，老四是个丫头，却活了下来。

出名的薛傻子，带着四个孩子，可想而知，真带出傻样儿来了：大人孩子一年到头衣服都是脏兮兮的，吃饭也是有一顿没一顿。但傻人有傻福，四个孩子竟都活得结结实实。

1958年村里成立食堂，这对薛傻子是好事，省得自己起火做饭了。村上的头头宣布，各家各户的粮食要全部交到食堂，一个粮食粒也不许私藏私留，村里的民兵要挨家挨户地检查。村里数得着的漂亮媳妇洪芳，结婚两三年才怀上孩子，怕食堂的大锅饭缺乏营养，私藏了两袋麦子，埋在院子里。

年轻轻的两口子，脸蛋漂亮脑瓜却很笨，将粮食埋在自家院子里，这在过去糊弄日本鬼子还凑合，怎能蒙蔽得了本村民兵的火眼金睛，简直就如同猫盖屎。两口子被当场批斗，批斗后男的被带到民兵大队部，不知还会受到怎样的惩罚。

当晚洪芳流产，喊救命喊到昏死过去，也没有人听见。幸好她丈夫半夜从民兵大队部逃跑了，民兵到她的家里来抓人，她丈夫没抓到，倒发现她还有一口气，送到公社卫生院。命保住了，人却疯了。

疯子有两种，一是文疯，自虐不打人骂人；二是武疯，打人骂人，而且不知轻重，抓到什么就往别人身上招呼什么。她偏偏是后一种，披头散发，衣不遮体，天天就在队部和大食堂里闹，恶吃恶打，抢到菜刀就砍，抓到铲子就抡，甚至抢着棍子见人就打，打不着人就打牲口……当然，她也没少挨民兵的打，可她毕竟是女人，民兵也不敢真下死手，害怕把她打出个好歹，缺德又遭人恨。

她娘家的哥哥来领过两三回，领回去没几天就又跑回来。此时，世界闻名的三年大饥荒降临，村里每人每天的粮食定量由开始的一斤，改为八两，后又减到五两、三两，当三两也不能保证的时候，村里的食堂办不下去了。

洪芳也没有力气疯了，眼看就要饿死了。这时候薛傻子又冒傻气了，找到村上的头头，要求把洪芳领回家，死了负责用席一卷把她埋了，活下来就算她命大。村里乐不得甩包袱，薛傻子傻得正是时候，村头答应得很痛快，还假装严肃地嘱咐傻子："她流产时大出血，卫生院大夫讲她不能再生育了，你晚上不要得便宜傻干，别干出人命来。"

薛傻子咧嘴傻笑："这时候能保住自己命就不错了，哪还有力气干别的。"

他把洪芳领回家，先用剪子把她那一头齐腰的又脏又乱的头发剪掉，然后烧了一大锅热水，让四个孩子中的唯一的老闺女帮忙，从头到脚给她洗干净，换上薛傻子老婆以前穿的干净衣服。洪芳已经饿得一点力气都没有了，任由他摆布。

薛傻子自己有四个孩子，再加一个洪芳，他怎么养活？

1958年成立大食堂前的几个月，他从外村人口里就听到了风声，他孩子多，不怕一万，就怕万一，便开始天天在院子里脱坯，脱的坯够盖两间南房。对外称孩子多，将来娶媳妇都要用房。其实，每一个土坯里都藏着一包粮食。别说是本村的民兵，就是天兵天将来查，也不会想到土坯里有粮食！

白天生产队里派了活就干，生产队没有派活他也到地里转悠，假装捡粮食粒。人们饿得恨不得吃土坷垃，地里哪还会有丢下的粮食粒？薛傻子主要是糊弄自己的孩子，怕他们出去乱说。每晚等孩子睡了，他从土坯里取出粮食，再将土坯原样放好，烧半锅开水，灌到两个暖水瓶里，将粮食粒放到暖瓶里，有黄豆、黑豆、麦子、玉米、高粱……混在一块泡一夜，第二天早晨已经很软了，每个孩子连水带粮分上小半碗，也就两三口的事。就是这两三口，却能保证他们饿不死，四肢不会浮肿。

对洪芳也是这个量，让她饿着点，跑不出去，也没有力气发疯。晚上睡觉，他用一根绳子一头系在洪芳的脚脖子上，一头拴在自己的小腿下边，她一动他就知道。天冷了就搂着洪芳睡，有时难免会亲她几口，亲亲脑门、脸蛋，无伤大雅，人家外国男女，不管认识不认识，见面就可以来这一套。但绝不碰她的身体，傻有傻的原则，不能乘人之危。

一年后的一天夜里，洪芳竟主动亲了他一口，他吓一跳，以为她这么长时间没犯的疯劲又来了。洪芳搂紧他，小声说："我不疯了，谢谢你救了我。从现在起你也不用天天用绳子拴我了。"薛傻子嘴里"哦哦"着，赶紧起身解开洪芳脚脖子上的绳子。

他心里却不是很踏实，傻乎乎地又问了一句："你真好了？"

洪芳笑得很甜，也很正常："一饿治百病，我不想死了，就不会再疯了。再说你天天搂着我，再疯也叫你给热乎过来了。"

也是从那晚起，他们成了实际的夫妻。但洪芳仍旧不出门，为他照看四个孩子，洗衣服做饭，把傻子的家里收拾得干干净净。

村里人几乎把她忘了，度荒三年饿死不少人，有人甚至认为洪芳也早就死了。

1962年夏天，村民都已经能吃饱饭了，洪芳走出薛傻子家的院门，到村委会申报丈夫失踪。

半年后与薛傻子结婚。四个孩子对她都不错，薛傻子活到八十岁，丈夫死后，洪芳跟着嫁在本村的老闺女，又活了十几年。

铁笔神探

张道义，自小迷恋侦探小说，然后考上警校，并把父亲给起的张道一的名字，改为张道义。毕业后如愿当上刑警，屡有上佳表现，当升到一个沿海地级城市刑警队队长的时候，破获了一桩国际贩毒案，立了大功。正是志气高昂、前程无量的时候，噩梦却随之降临……

外出办案归来，刚下飞机就被同一公安局经侦队的警察带走，查了个底儿掉，没查出问题，放出来恢复职务。没过多久，他在局里的大会议室正开着半截会，众目睽睽之下又被人带走，随后查了个人仰马翻，大半年后证明举报不实，又被放了出来。

回家没几天，还没有接到恢复正常工作的通知，赶上一个风雨交加的深夜，他家的玻璃骤然间全被石块砸碎，他护住老婆孩子，然后全家人一起遮盖家具，从屋里向外淘水……

就在那天夜里，他知道自己的警服穿到头了。他破案伤害的利益集团，势力庞大，上边下边都有人，那时还没有开展全国性的"打老虎拍苍蝇"的运动，举报无须实名，上下一块折腾，他怎么顶得住？你说你没有问题，为什么老有人举报你？就像裤裆里抹黄油，是屎不是屎说不清楚。而不相干的人，一般都会相信，老被人举报的人八成是有问题的。

第二天他向局里交了辞职报告，然后给房子重新装上玻璃，打扫干净，换到一座高楼的18层。再有臂力的流氓，也不可能把石块、砖头准确无误地抛到50多米高的楼上。将家人安顿好以后，他就去了五台山，烧香磕头、做法事，一个身怀绝技、曾自认为很有力量的警察，却不得不求助神灵禳灾消祸，保佑自己和一家人平安。

做完法事他在庙里闲逛，走到一个养龟池边，看到里面各种各样、大大小小的龟，或悠闲缓慢地爬动，或缩颈闭目一动不动，对身边层层叠叠、光华闪闪的香客抛下的金钱，视而不见，不为所动。张道义忽然觉得自己的心里静了下来，感到一种舒服，似乎得到某种启示……他从来不知道自己竟然喜欢龟！

回家后立刻到花鸟虫鱼市场，买了几只漂亮的大小不等的金钱龟，将18楼的阳台改造成龟池，有水有草有石，还有供龟晒太阳睡懒觉的沙地。得空时在龟池旁边一坐，他看龟，龟看他，心静身净。喧嚣世界，能静即福。

为了医治多年当警察养成的心高气傲的毛病，他特意找了一份在一家公司看大门的工作，培养微笑的习惯，每天都须将身姿放到最低。因工作清闲无压力，开始利用一切闲暇时间阅读中外文学作品，每天保持8万 — 10万字的阅读量。

读了一年多别人的小说，觉得不过瘾，开始自己写，将满脑子的故事和在现实中无法实现的愿望，还有明知是谁在害自己，却说不出来更无法反抗的憋屈，都通过小说表达出来。十多年的时间写了9部长篇小说，直写得视网膜脱落，索性辞掉了工作。

养好眼睛以后继续没黑没白地写，出版第12部长篇小说后，获得了一个全国性的"燧石文学奖"，并在他不在场的情况下被选为市作家协会主席。其实当时他连作家协会的会员都不是。有人向他道贺，说他因祸得福。他养的满池金钱龟也值了大钱，社会上流传金钱龟治癌，一斤重的5万元，一斤半重的七八万元，二斤以上的十几万、几十万……

他只是苦笑，至今他心里真正想干的工作还是当警察，而不是当作家。他养的龟是神物，帮他调气、养气，给多少钱也不卖。而写作是为了撒气，当不了真警察，就在纸上当个神探。

他自觉，正是因为养龟和写作，受那么大委屈才没有得癌症。

狓子客

在人类弱的时候，特别是在科技不发达时期，灵异之事就多。1960年，全国大饥荒，齐河县境内的宽河边上闹狓子。

何谓狓子？比成年的狼狗小，比狐狸大，站起来像个五六岁的孩子。有时戴草帽，穿着人的衣服，会人语，站在路中间，拦住过路人发问："你看我像人吗？"

如果行人害怕或紧张，想应付过去快点赶路，便顺嘴说："像、像！"它随即就成精了。

你看，它已经修炼到这个地步，仍然想当人。就如同已经修炼五千年的峨眉山蛇精白素贞，还是愿意嫁个凡人，生儿育女。倘是过路人胆壮，随口骂道："像个屁！""滚蛋！"若手里拿着家伙顺手给它一下子，它就立刻逃掉，再去修炼。

宽河拐肘的地方穷，胳膊窝的地方富，那个地方俗称"蛤蟆窝"。狓子想成精自然离不开人类的承认，因为只有人类承认世界上有妖精这种东西存在，它当然也要找富裕、人多的地方。蛤蟆窝的老实农民韩五林，秋忙的时候割完高粱穗就回家了，不想晚上下雨，怕高粱穗被雨水泡了生芽，赶紧跑回地里，将高粱穗往地边上看粮食的窝棚里搬。一进窝棚，看到床上站着个半人半鬼的小孩子，吓得大叫一声扭头就往家跑，第二天就死了。

这还了得，既然发现了狓子，就得请狓子客来除妖，天下最厉害的狓子客是陕西人。村里派人到陕西请来了一位狓子客，貌甚诡异，面色晦暗带阴气，但眼有精光。说话像鸟叫，没人听得懂，他的年轻助手一字一顿地告诉宽河边上的人说："我师父怀疑这只狓子，就是春天被他的链子枪钩掉大脚趾的那一个，猜到它可能会顺着黄河跑下来。"

狓子客问明韩五林的新坟在什么地方，不让村人跟着，他们师徒二人远远地埋伏在新坟两侧。狓子吓死了人，会连续好多天到坟头上来哭，赎罪，不然会大大增加它修行的难度，甚至永远都成不了精。只要看到它，悄悄跟踪找到它的窝，就不会再让它跑掉了。

连黑带白蹲了三天，终于找到了狓子的窝，在村子另一侧老柳家的坟地里。看着狓子进窝后，狓子客的徒弟立刻回村叫人来帮忙，把坟地周围一共四个洞口严严实实地堵死三个，只留下一个。狓子客戴上皮面具、皮套袖、皮手套，右手握住链子枪，村民点着柴火，他的助手用自带的鼓风机往洞里吹烟。

大约过了半个多小时，彼子客似乎听到了什么动静，钩链子枪嗖地捅进洞内，一声怪叫，链子枪钩住彼子的上膛，从洞里拽出来直接装进帆布袋子。

彼子客师徒立即上路回陕西，不收韩五林家属和蛤蟆窝村的一分钱，有这一只彼子就足够了。其皮毛雪白，极其珍贵，肉质细嫩，有奇香。

——说了归齐，还是人最厉害。

名医

贝万山曾是省重点高中的尖子生，现在称"学霸"。但在升到高三没几天，患了骨髓炎，进进出出拜遍了省城的大小医院，求遍了亲戚朋友推荐的各种医生，还到北京治了大半年，都没有效果。最后侧腰烂得看见了肋条。

在死神的追赶下，万般无奈只有靠自己试试了，他开始拼命读医书，古今中外从医学经典到民间偏方，从大学教材到医学刊物……有点心得就在自己身上实验。几年后竟真把自己的病治好了，并发明了"复方黄柏液"——专治各种骨肉伤痛、发炎。

他的奇迹被同病相怜的病友和左邻右舍、亲戚朋友中嘴快的人传扬开来，一传十、十传百……找他来看病的人很多，骨髓炎自不必说，能确保治愈，医治其它骨科类的病痛，也有相当大的把握。

由于他不是医生，没有行医执照，只能以亲戚朋友的身份悄悄医治。奇怪的是，此时的贝万山，以自己患病时的绝望推及他人，萌发了强烈的行医欲望，自己搭钱买药、制药，也要给别人治病。省城一个区的卫生院，相中他能吸引众多病人，给医院增加收益，把他请去，替他办好了医生资格证书，专为他开了个骨科诊室。

很快，贝万山连同那家卫生院声名大振。比如，大医院都是在有空调的无菌室做手术，伤口还时常感染。他所在的卫生院条件差，夏天做手术开着窗，还有苍蝇乱飞，却从来没有感染的……

——人一有了传奇般的口碑，就会越传越神。

也是合该他成名，省委书记下乡不知被什么毒虫咬了，先是红肿，然后溃烂，且奇痒难挨，而奇痒往往比疼痛更难忍受。住在全省最大的人民医院，却怎么也治不好。有人推荐让贝万山看看，医院总是推三阻四，就是不想让一个江湖郎中来砸了自己的牌子。最后还是书记自己当着院长的面下令，让贝万山来会诊。贝万山带来一小瓶药水，涂了几次就好了。书记大悦，众人大惊，这真是神仙一把抓，不服不行。

这样的神医怎么能被埋没在一个小卫生院里！省卫生局下令，把他调到人民医院当了骨科主任。没承想他这个主任一干就快20年了，上不去，下不来，让贝万山受了洋罪。

上不去是因为没有学历，他手下的普通医生都是正宗学医的硕士、博士；下不去是因为他看病有一套，病人多，能给医院带来效益，而且他这个主任是上面"钦定"的，谁敢把他拿下？

"洋罪"受的时间一长，整个人都变了，除去面对病人时还有点自尊自信，科里其他的事情能躲就躲，能拖就拖，躲不过拖不了，就睁一眼闭一眼能凑合过去就行。

他越是怕事，科里的闲事就越多。有个年轻医生，还是医学院硕士毕业，天一热就不穿衣服，光溜溜外面只穿一件白大褂。科里的医生护士都知道，有些住院的病人也知道，谁一见他先往他的下身看，他却满不在乎，依旧我行我素，旁若无人。

他这个科主任当然也知道，每天一打照面也习惯性地先看那个医生的下身，几次想管都忍住了。他心里很清楚，科里的年轻医生除去把他当成靠"独门绝技"赚钱的机器，没有谁真正从心里看得起他，有两个好一点的医生，暗地里还恨他挡了他们的道。

有一天那个不穿裤子的医生，要当他的助手同上一台手术，他终于没有压住自己的火气，呵斥道："上手术台不穿裤子，成何体统！这是大学里教的吗？"他呵斥完医生，吩咐护士到手术室拿了条裤子，让那个年轻医生穿上。

等他火气消了又后悔自己多管闲事，晚上回到家跟老伴念叨这件事，老伴也埋怨他，并劝他想办法提前退休，然后到小医院顶半天门诊，或者到大药铺坐堂，又省心，挣得还多。他长叹一声：我何尝没有这样想过，总得要有个理由才行，须先辞掉科主任这个累赘，可我几次给院领导打报告人家都不批，如之奈何？上边顾虑的是，怕我一退会带走一部分病人……

第二天上班，在楼道就迎面碰上那个不穿裤子的医生，贝万山主动笑着打招呼，还破例向对方敬上一支烟，这分明是为昨天的事情向人家表示歉意。那个家伙下身依然没有穿裤子，满不在乎地吸着他送的烟转头走了，根本不拿他当回事，甚至还有点向他示威的意思。

他心中恼恨，不是恨对方，而是恨自己这么大年纪了，还这么下贱，受这般羞辱！他拐弯进了卫生间，看看里边没有人，便抡开手臂狠劲抽自己嘴巴……刚抽了两下，只觉头晕脑涨，眼前一黑便人事不知了。

再醒过来时，知道自己躺在医院的急救室里。旁边的脑科医生告诉他：刚才急性脑梗，由于抢救及时，想来不会留下后遗症……

他闭上眼睛，转转眼球，动动眉毛，轻轻动动脚趾、手指，心里松了一口气：这下可以提前退休了。

道爷

燕山山脉深处，有座狮子峰，山势险绝。山上古木参天，飞瀑流泉。半山腰负阴向阳处，有两间石屋，屋前开一片荒地，种着树苗、菜蔬和庄稼。石屋里住着一位独身老人，形貌劲健，看上去身上没有肉，却并不让人觉得他瘦，好似在骨头里长肉，气和神爽。

据传他原是铁刹山道士，云游至此，见山脉气韵奇佳，想在狮子峰顶建道观。后因战事不断，继而全国解放，道观没有建成，他留下成了狮子峰上唯一的山民。随着年岁增大，须发皓然，附近百姓都称呼他"道爷"。

狮子峰下散布着大小不等的村落，村民有困难可以到山上任意摘取他的蔬菜、粮食，但有一条，不许糟蹋。曾有一骑马游山的人，因山陡骑不了马，下山时一手牵着马，一手用鞭子狠抽道爷的树苗。此时悚然乌云密布，沉雷滚滚，雨风拽云刮地从山上压下来，随即一声巨响，一个火球扑向挥鞭人，一个炸雷，人变成一截烧焦的木炭。而近在咫尺的那匹马，却毫发无损。

山下有个良王庄，庄上有个大户，弟兄六个，和和气气，日子兴旺，自从老六娶了媳妇，这个家就不断出事，伤人、打官司……掌家的老大还得了一种被农村人叫作"撞克"的怪病，一犯病如中魔一样，四五个大小伙子摁不住，六七尺高的墙头一蹿而过。在省里的精神病院住了很长时间，电疗、捆绑……各种手段都用上了，人被折腾得不成人样了，病却没治好。万般无奈抱着有病乱投医的想法上山求道爷，道爷一进他家的院子就停住脚步："不用看病人了，我知道是怎么回事了，你们这院子里原来有棵一二百年的大槐树，怎么没啦？"

全家人一惊，道爷从未到过他们的家，怎知道原来有大槐树？代替大哥管家的老二说："六弟结婚时砍了做了家具。"

道爷吩咐："赶快到山上我的苗圃里，挖一棵最大的槐树苗，栽到原处。"

"若栽不活怎么办？"

"放心吧，你就是插根槐树枝子也能活。"道爷说完转身回山了。

死马当活马医，槐树苗栽下去，果然长得很好，随着槐树越长越高，老大的病彻底好了。

邻村一户人家听到这个消息，赶紧也找到道爷，他们家有一年多吃不上熟食，蒸馒头、蒸窝头怎么也蒸不熟，只能天天吃半生不熟的东西。道爷去了一看，他的屋前有棵老榆树，一根枝干伸到房顶上，正在烟筒的上方，一做饭就被烟熏火燎。

道爷说："你赶紧将烟筒口改道，别再熏这棵老榆树了。"

"为什么？我把那根树枝砍了不行吗？"

"绝对不可以砍树枝，砍了树枝，那你家的麻烦就不是蒸不熟馒头的事了。"

主家不服，他嫌改烟道费事，一定得问出个原因来。

道爷说："你是一个生命，对吧？榆树也是一个生命，你得承认吧？榆树上面还住着一户灵物，本来与你们相安无事，甚至还能保佑你家平安兴旺，可你天天用烟熏它，它能让你过好日子吗？不信你问问过去的财主家，都有蛇，有的蛇很大、很多，财主从来不打蛇。"

那户杠头最终还是改了烟道，从此就吃上了熟馒头。

——关于道爷的故事还有很多 …… 1958年"大跃进"，村民们疯了一样，成群结队上山砍树炼钢。道爷自知拦不住，丢下石屋和苗圃、菜地不知去向。有人说他是树精，老树都被砍了，他还怎么活下去？在狮子峰顶羽化成仙了。

雨夜南瓜地

1960年初夏的雨夜，河北老东洼小学的语文老师兼校长吕从周，饿得腹腔内像着了火一样，他在自己的办公室兼宿舍里四下趸摸，寻找还有没有可以往嘴里填的东西。

忽然想起高年级的学生说过，钓鱼台子有块南瓜地，南瓜还没有熟就已经被人快偷光了。他看看窗外，电劈雷轰，如泼的大雨一阵紧似一阵，这种天气大概不会再有人去偷南瓜。此念一生，顾不得拿伞就出了门，其实这样的风雨，任何雨伞、雨衣都没有意义。

他深一脚浅一脚，终于摸索到了那块南瓜地，在地里摸了个遍，哪里还有南瓜，无论大小全被摘光了。但饥饿难挨，受这么大罪消耗了诸多体力，也不能白跑一趟，他揪下一段南瓜秧塞进嘴里，甜丝丝也很好吃，便大口大口地吞咽着南瓜秧。电光下见又有两人进了南瓜地，吕校长急忙趴在南瓜地的垄沟里，手里仍然不停地往嘴里塞南瓜秧。

南瓜地里已经无南瓜，那两个人自然也摸不到南瓜，突然一个闪电，其中一人看到垄沟里吕校长黑乎乎的脑袋像个瓜，欣喜地大叫一声："这儿还剩下一个！"

奔过来伸手就要抓，吕校长岂能让他们抓到，只好站起来，认出那两人竟是他的学生。两个学生也觉得眼前的落汤鬼很像自己的校长，但校长不会来偷南瓜，而且他嘴里挂着长长的南瓜秧，更像是传说中鬼的长舌。两人大叫一声扭头就跑。

两个学生回到家一头就攮到炕上了，发高烧，说胡话。

吕从周校长一时神魂失据，回到学校，心上凄怆，越想越惶愧，校长偷南瓜竟让自己的学生逮个正着，今后还如何给学生上课？还谈什么道德教育、为人师表？况且按村里的规定，偷大队的粮食瓜果，是要当众批斗的……

悔不该为肚囊所累，一时犯糊涂，毁了自己的一世清名。他找了根绳子，在学校门前的老柳树上，把自己吊死了。

晦气是什么「气」

1987年春，我同史铁生、张炘、刘心武等三十多位作家在五台山出了车祸，当时有昏死过去的，有头破血流的，我皮毛未伤。全体被拉到大同人民医院检查，我竟然是"第九根肋条轻微骨折"。主办方当即把史铁生、郑义和我送上回北京的火车，只有两张软卧铺位，郑义有义，就睡在史铁生的铺下面。

《人民文学》杂志的老友周明，人脉极广，能力高强，居然搞了两辆轿车直接开到北京站的站台上，让我们享受西哈努克的规格，一下火车就上轿车，一辆送史铁生、郑义回家，一辆直接送我回天津。送我的司机年轻精干，车开得很稳，我闭着眼睛一路听着他车内播放的评书。不知是他喜欢开着车听评书，还是为了转移我对肋条受伤的感觉。其实我的肋条骨折得有点奇怪，之前毫无感觉，只是到大同做了X光检查，医生说我骨折后才有些隐隐作痛。车已经到了天津郊区，在天穆村附近，他的车不知怎么与在里边行驶的一辆轿车碰上了。司机显得很紧张，顾不得先处理事故，一连声跟我说对不起，站在道边又拦了一辆车送我回家。

我对他说，这一点都不怪你，相反是我该向你道歉，是我身上还带着五台山车祸的晦气，牵累了你。我写下自己的电话交给他，这里是天津地面，事故处理过程中有什么需要帮忙的，可以给我打电话。我心里是感激他的，他这一撞，把我身上的晦气给撞没了。以后的事实证明了我的感觉，一位高人在电话中就说我没有骨折，不要说肋条，任何部位骨折都是很疼的，他让我放下电话后围着楼跑三圈，看看疼不疼。我照他的话做了，肋条部位无任何感觉，从此我的身上再无五台山车祸的阴影。

"晦气"到底是一种什么气？我说不清楚，但我确信有这种东西存在。倒退九年，1978年夏，唐山大地震后，《唐山文学》杂志连续死了三任主编，他们都是正当壮年，健康而精力充沛，当时令文坛色变。几十年过去，谁都绝口不提此事。我写此文，就是为纪念这三位悲壮的主编。

第一位，胡天启。不知为什么大地震后《唐山文学》更名为《灾变文化》，而且要到东陵去开"改刊发行会"。我揣测，或许因为唐山已经没有完整的房子可以开会，或许出于一种悲愤，或许是为了悼念在大地震中死去的几十万人，就是要到坟地里去开这个会……唐山的遵化东陵，是清代的一片大坟，里面埋着五个皇帝、十五个皇后、一百多个妃嫔。会后胡天启修改第一期的最后一篇稿子，写完"恩断义绝"四个字，画好句号，便气绝而亡。

金占亭接任后几个月，编完稿子后感觉有点累，喝了两口酒，正是盛年的他，竟无疾而终。第三任郗辉亭，接到任命书后，悲痛难耐，回家关上门自己大哭了一场。哭前任，也哭自己。这个任命平时可以拒绝，现在不能躲避，这就叫"前赴后继"。所有人都是延期的苟活者，哲学古老的命题就是学会死亡。

祸传染祸，所以自古来就有"祸不单行"一说。但再一再二不过三，现在轮上他该为文学而死了，《唐山文学》的祸也该到他为止了。唐山的文学应该跟唐山同步，唐山死了那么多人，《唐山文学》连死三任主编，无愧于英雄的唐山，无愧于文学。

果然，郗辉亭死后，《灾变文化》改回《唐山文学》，主编和编辑们自此安稳下来。

绅士

　　我有一友名新华，天赋惊人，年少时偏赶上无学可上、无书可读的特殊时期，遵父命竟能背诵下来整本的《新华字典》。后来成为编剧，写过一些曾轰动一时的影视作品，也是第一个获得美国戏剧奖的中国剧作家。1999年初秋，上海派出一个豪华的电影代表团访问台湾，团长是谢晋，团员有孙道临、张瑞芳、秦怡等等十几位声名赫赫的电影界泰斗级人物，团中唯一的电影编剧就是新华，可见其创作成就及影响力。此文要谈的是他向我讲述的在台湾的一次历险感受。

　　或许是这些人物的分量太重，无论来去动静都小不了；或许是台湾影迷热情过高，团里大部分电影界大明星在三四十年代已是星光熠熠，中年以上的台湾人应该会熟悉他们、想念他们，他们的来去所引起的轰动自然非同一般。在他们将要离开台北的最后一个夜晚，准确地说是当天凌晨，台湾发生了半个多世纪以来最大的地震，通称"9·21大地震"，震级7.3。代表团的成员都住在酒店的十层楼以上，大楼摇晃剧烈，有顷刻就会坍塌之感。

新华从床上被摔到床下，立即清醒，意识到是地震，而且是强烈的大震，在摇晃中穿着睡衣就跑出门外，没敢乘电梯，经楼梯从16楼跑到下面的酒店广场上。周围还一片空荡荡，他是第一个逃生出来的人。紧跟着跑到广场上来的，是一对年轻的美国夫妇，各围着一条大浴巾。待到有服务生来到广场，美国小伙子从浴巾内掏出钱包和房卡，从钱包里抽出三百美元，连同钥匙牌一同递给服务生，希望他能上楼拿出他们的衣服和行李。服务生犹豫一下，决然地接过美元和钥匙，转身又跑进大楼。这不能说全是美元的作用，还有为客人服务的精神并未被大震震垮。

当时还有余震，在广场上都能听到从大楼里发出的叽里咣当的声音，也不断有客人从楼里逃出来。广场上的人越聚越多，不一会儿服务生两手推着两个行李箱，腋下夹着大包小包的衣物从楼里出来了。美国夫妇称谢不已，当众穿好衣服，推着行李箱打车去了机场。这应该是一对经常旅行、处变不惊的夫妻，慌忙中逃生可以不穿衣服，却不忘带上钱包和房间钥匙。新华好学，却不免心中惭愧，自己倒是跑了个第一，除去房卡却什么也没带出来。

酒店大楼显然已经疏松，门窗破碎，楼角倒塌，楼外的附属物被损毁，整幢大楼已摇摇欲坠。楼内没有受重伤的客人们，似乎也都逃出来了，上海电影代表团的成员中只剩下八十七岁的刘琼还没下来。大家十分焦急，尤其是团长谢晋，他深知刘琼性格沉稳，但大家等待的时间之长，似乎早已超过了他沉稳所需的时间。

刘琼自三十年代成名，电影、话剧演过无数，近几十年还演过名震一时的《海魂》《女篮五号》《牧马人》，导演过《51号兵站》《阿诗玛》《李慧娘》等等，是新华心目中神一样的人物。自己又是团里最年轻的，想学酒店服务生上楼去看看刘琼，但不知他住在几层几号。住房登记表在团长屋里，没有带出来，在大震的慌乱中，人们谁还记得准别人的房间号？

渐渐天已大亮，团长让新华去求助酒店服务员，查找刘琼的房间号，然后上楼去找。就在此时，刘琼老先生腰身笔直，手里拉着轻便行李箱，头发梳得一丝不苟，西装领带收拾得整整齐齐，连脚下皮鞋竟然都擦得锃亮……八十多岁的人，看上去仍然气韵俊逸，独具风标，一副"湿衣不乱步"的从容神态，缓缓从余震未息的大楼里走出来。

一时间广场上的人都在看着他——这种魅力，要经过怎样的命运和时间的磨砺，才能焕发出来？这场大地震简直就是为他此刻的出场做铺垫……电影团的人拥上去，有庆幸的，有欢跳的，有抱怨的："我们都快急死了，你老先生竟然还有心思捯饬得这么漂亮？"

刘琼似抱歉地微微一凛："我母亲告诉过我，人在临死的时候一定要把自己收拾整洁。"

——原来在地震发生的时候，他并没有惊慌失措地先想到逃命，仍然行止有度、从容不迫。

新华在心里暗暗叫好："我终于见识了什么叫绅士！"

王爷求画

清朝最后一个皇帝爱新觉罗·溥仪的堂弟——爱新觉罗·溥佐，气度融和，沉静矜持，做人一向低调。长久以来人们称他为"被忽视的皇亲国戚"。正是这种"低调"救了他，"文革"期间几乎没有吃过大苦头，后来以天津美术学院副教授的身份，下放到天津边上的静海县大瓦店。

静海在大运河岸边，古称"御河"，两岸流域水土好，人性良善。即使是村里的"造反积极分子"，仇视的是对立面和"地富反坏右"，对他这位"皇亲国戚"，村民们心里充满好奇，说不定还暗暗地认为是大瓦店的荣耀。当时溥佐刚五十出头，由于乡亲们知道他是王爷，就觉得他年纪很大了，看上去一派儒雅，谦和温润，身板也略显清瘦。于是就不让他下地，留在村里干点力所能及的零活儿，或者随便他自己找点事干。

溥佐自小出入皇宫、王府，被赶出紫禁城后和溥仪一起来到天津，后来溥仪去"满洲国"继续当皇帝，他则留在天津作画、教书。他的眼里哪看得到村里有该他干的零活儿。村民们也不好支使他，他是个安静的人，不便也不愿意在村里逛荡，干脆就关在屋里作画。他住的房子里有张八仙桌，铺上毡子足够要把的。四周非常安静，只在开会的时候村里的大喇叭才会响，也大多跟他没有关系。最重要的是没有造反派上门捣乱，村民们反而对他恭敬有加，人前人后都称呼他"溥王爷"……

他从接到下放通知的那一刻起，就做了来乡下受罪的准备，不想却进了世外桃源。这使他的心情格外好，创作欲望强烈，下笔得心应手，毫不黏滞。

村里凡有娶媳妇、生孩子、盖房上梁等喜事，都愿意请"溥王爷"赴席，不办喜事的也常有人请他到家吃饭，都想沾一点皇家的福气。好在那个时候家家的饭食都差不多，请客也多花不了多少钱，还可以从王爷手里换点全国粮票。溥佐遵老礼儿，每有人请客，就带一张自己的画去，以答谢主人厚意。

知道他赴宴必带画相赠，村里请他吃饭的人似乎更多了，他心里也特别高兴，虽然刚经历了"扫四旧"、烧字画，却连农民也懂得他的画珍贵。几年时间他送出去近二百幅画，花鸟最多，农民们喜欢，山水、人物和马也画了不少，缜丽丰腴，明润清雅，都是上乘之作。其中他最得意的是一幅《松鹤图》，送给了村里的小学老师张鹤年。张老师比他大几岁，却跟他极投缘，经常晚上带着红薯干酒来他的房子里聊天，在很大程度上排解了他在下放期间的孤寂。

后来干部落实政策，静海县来了位新县长于兴泉，办事有魄力，群众口碑不错，似乎杂书读了不少，也喜欢书画，专门来大瓦店看望溥佐，关心他的身体状况，并一再询问生活上有什么困难、有什么要求尽管开口，千万别客气。临走时还叮嘱村干部们照顾好溥佐。

没过多久，于兴泉坐着吉普车又来到大瓦店，对溥佐说他可以回天津了，毕竟年过半百，身体也不是很强壮，无论从哪个角度考虑，县里都觉得应该让他先回天津，大瓦店对他照顾得再好，也不如回到自己家里舒服。等国家关于下放人员的政策下来，再把手续给他送去。溥佐当即收拾好自己的东西，来不及跟乡亲们告别，就坐县长的车回家了。

一晃又是许多年过去了，溥佐真正进入了老境，常怀念大瓦店村民对他的好。其实他心里更留恋自己在大瓦店画的那批画，那些作品反映了他在那个特殊时期的生命体悟，正当年富力强，感动于村上对他的照顾，心无旁骛，画得用心，都是自己的得意之作，心里一直特别珍惜那批作品。当春节临近的时候，他终于想出一个好主意，从银行提出一笔钱，让已经当了天津市农林局局长的于兴泉陪着他重回大瓦店。

到大瓦店先拜会村干部，给了他们一人一盒天津大麻花，然后说明来意。村委会主任立即打开扩音器对全村广播："当年在咱村下放的王爷溥佐老先生，今天回来看望咱大瓦店的乡亲，提前给大家拜早年！谁家里还保留着溥王爷当年送的画，拿到村委会来，愿意卖的一张至少一千元，不愿意卖的让溥王爷拍个照片，给二百元红包……"

当时"万元户"就是富翁，一千元对农民来说是一笔大钱，应该还是很有诱惑力的。他画的马在"文革"前就已经卖到八百元一匹了，所以他定一千元是最低价，画保存得好，他喜欢，还可以多给钱，上不封顶。可是，广播了好几遍，他们在村委会等了大半天，却没有一个村民来卖画。

溥佐脑子好，大体还记得当年去谁家吃过饭，特别是张鹤年老师的家，他去过多次，记得最清楚，便先去了张家。不料张老师已去世两年多了，偏巧张老师的老伴也不在家，他儿子说从来没有见过什么画。溥佐失去在自己最不得意时结下的知交，心里甚是感伤和失落，掏出二百元钱交给张老师的儿子，让他去买纸钱，代溥佐到其父坟上一祭。

随后便跟着过去的老县长和村干部挨家走访，满村转下来竟只买回五幅画，其中还有破损的、受过潮的。其余的那些画呢？有的说糊了窗户，有的过年贴在墙上当年画了，有的剪了鞋样儿、袄样儿，更多是不知道扔在哪儿了，或者被耗子啃了、给孩子擦了屁股也说不定……

溥佐这个心疼啊，后悔不迭，当初赠画的时候就该告诉他们好好保管，留着这画将来说不定还值点钱……于兴泉理解他的心情，不停地安慰他，这更说明农民的善良与朴实，当初对他好，是没丝毫功利之心的……

乡亲们或多或少也感觉到了"溥王爷"的失望，但感谢他还没忘了大瓦店，送给他不少香油、大枣等土特产。他一迭声说着感谢的话，掩饰着心里的无比沮丧，却谢绝了大瓦店要留他吃饭的盛情，坐上于兴泉的车匆匆赶回天津。

车刚到村口，被一老婆婆在道边扬手拦住，她怀里抱着个长布卷，眼睛不看县长，却只盯着穿戴与乡下人大异的溥佐。王爷只好下车。

老婆婆对他说，老头子离世时，交给自己一件传家宝，生前不许任何人看，私下告诉我这是皇家的东西，将来还得交还给皇家。你是皇家的人，你看看是件啥宝贝吧！

溥佐已经认出了老婆婆，也意识到布卷里的宝贝可能就是自己想求的东西，双手难免有些抖动，打开来正是当年送给张老师的那幅《松鹤图》。

他嘴里一迭声地说着："谢谢老姐姐！谢谢老姐姐！"

从兜里掏出剩下的全部现金，往老婆婆的手里塞。老婆婆吓得直后退。溥佐转头对于兴泉说："快，拉我去张老师的坟地，我要给他磕个头！"

饿

于金桂，七峰山脚下吴家窑的一个普通村妇，丈夫两年前修梯田被山石砸死，至今她想起来还恨。干活怎这么不长眼，别人都没事为啥偏偏砸死你？你死不要紧，丢下老婆孩子，娘四个怎么活？最小的丫头才三岁。

到了1960年的残春，母女四人似乎真的陷入了绝境，已经饿了多天，三个女儿依偎在炕上，连睁眼的力气都没有了。奄奄一息，就等着一倒下，这口气就算断了。

于金桂羡慕坡下的杨二芬有心，丈夫是个顾家的男人，一入冬就跑了，到外边去找吃的，省出他那份口粮给老婆孩子，好熬过这个冬天。大半年过去了，是死是活，音信全无。二芬竟早就存下了一包老鼠药和一把玉米粒，将玉米粒煮熟拌了老鼠药，她和两个小子吞了，娘仁利利索索地一块走了。如今到哪里还弄得到耗子药？

万般无奈，于金桂决定杀死自己，救三个孩子。她用水把肮脏散乱的头发抹得整齐一些，抓着还不到九岁的大女儿的双肩，摇得她睁开眼睛，嘱咐她自己死后怎么用菜刀切割，哪一块肉多先割哪一块，然后放在锅里煮……煮熟了一次不要吃得太多，饿的时间太长，吃多了会撑坏……

她说了半天，大女儿眼神迷茫，似听非听，似懂非懂。孩子们已经饿得分不清死和生的界线，也失去了对死的恐惧和对活着的贪恋。于金桂明白了，她即便杀了自己，女儿们也不会吃，不知道该怎样吃，只会陪着自己一块死掉。

她权衡一下，三个女儿都是自己骨肉，要舍就舍弃骨架大一些、肉还多一点的大女儿，或许救活另外两个女儿的几率也会大一些。她发狠将大女儿杀了，分解后上锅煮，房顶上的烟筒冒烟不一会儿，就被工作队发现了。全村的烟筒好多天都不冒烟了，她家烟筒一冒烟就说明在做饭，哪儿来的粮食？

工作队的人腿脚有劲，很快就进门了，还没等到妹妹们吃上姐姐的肉。于金桂一见工作队的人，心里就明白了，不管大女儿的肉煮熟没有，麻利地给老二、老三各盛了一碗，然后对进来的男人们说："你们也吃点吧。"

工作队的头儿拦住了她，问："锅里煮的啥？"

于金桂平静地说："俺家大闺女。"

其实他们进门一看现场，就知道是怎么回事了。若是自然饿死的可以不管，既然撞见了杀人，就不能不管。工作队以杀人罪要把于金桂带走。

她临走时嘱咐两个女儿:"锅里还有肉,以后每天吃一点。"

将锅里的姐姐吃完了怎么办?孩子们没有问,于金桂觉得自己再也用不着想那么远了。生出她们就是罪孽,现在工作队帮着她一下子就都还清了。

工作队并不做张做势,带着她闷闷地向梁上走去,于金桂心里也就明白了,她嘴角难得有了一丝笑意,自己终于熬到头了,无牵无挂去见那个死鬼丈夫。

当时毙个人真的跟踩死个蚂蚁差不多,奇怪的是工作队没有粮食却有子弹给老百姓。在梁上毙人,村里竟没有一个人来看热闹,死个人已经不新鲜了。

远处倒有两只吃死人吃红了眼的疯狗,一步步向这边逼过来。

蛇安

　　著名书法家闻达非，与夫人感情甚笃，大半生卖字要钱，他张不开口，都是夫人出面。夫人因心脏病复发病倒，令他十分焦虑，在春节前规规矩矩地写了"蛇安"两个大字，挂在家里最醒目的迎面墙上。

　　书画界的朋友来拜年，进门一见"蛇安"两个字，都会站住端详一阵，神色讶异的多，夸奖这两个字的少。他的内弟廖昌明，是文史馆研究员，全市数得着的易学专家，来给姐姐、姐夫拜年，一进门看到墙上的"蛇安"两个字，心里咯噔一下，勃然变色，立即喊人帮忙要把它摘下来。

　　大年初一怎么能摘掉墙上的字画，闻达非自然不让动，问他为什么。廖昌明跟姐姐感情深厚，心中愈加恼怒，竟当着满屋来拜年的客人呵斥姐夫："你写了大半辈子的字，怎么连这点知识都不懂？'蛇'怎么能'安'呢！蛇若是'安'了岂不……"他猛然打住，没有把后面的话说出来。

屋里的许多人都明白了，闻达非正在气头上，一时竟没有反应过来，解释道："你姐姐属蛇，今年又是蛇年，我希望她平安、安康，这有错吗？"

"你干脆就写'蛇年安康'，或不要蛇字，就写大白话，'福寿安康''平安''如意'等等，中国的吉祥话很多，不也挺好吗？为什么不懂非要臭转，这不是过年招损嘛！"

这句"臭转"和"招损"太伤人了，闻达非喝道："滚，从今后不许你进我的门！"

廖昌明冷静下来："我滚可以，今后不进你的门也可以，但你必须马上把这两字摘下来，不然我姐姐若有个好歹，跟你没完！"

闻达非恍然明白内弟发火的原因了，面子上一时还转不过来："这是我的家，我喜欢墙上挂什么跟你没有关系。"

廖昌明气哼哼拨头走了，朋友们对闻达非解劝了一会儿，见他表面上平静下来，就一个个都撤了。

朋友们一走，闻达非立即搬凳子，将"蛇安"的牌子取下来。他想重新写一幅跟蛇有关的好词句，重新挂在那儿，想了半天竟想不出好词儿，牛鬼蛇神、虚与委蛇、打草惊蛇、蛇蝎心肠……好像跟"蛇"有关的就没有几个好词儿，比较正面一点的是"金蛇狂舞""龙蛇飞动"……老伴正病着，"狂舞"和"飞动"也不合适……

还没容闻达非想出合适的词儿，他的太太在大年初五又一次发作，送到医院竟没有抢救过来。廖昌明在姐姐灵前又一次大哭大闹，骂闻达非无知小人，生生咒死了为他操劳了一生的夫人……

闻达非悔恨不已，悲痛不已，"蛇"一"安"就是安眠、就是死，说老伴是被自己咒死的，并不冤枉，任凭内弟怎么骂他，都一声不吭。

——这件事很快在书画界添油加醋地传开了，后来还传到了社会上，竟有好几种版本，甚至传他有了年轻的情人，利用妖法害死了原配……

有相当长的时间，没有人再买他的字。

第二辑

女子有才便是德

"幸福的家庭是相同的，痛苦的家庭各有各的不幸"——这是流传极广的托翁名言。却未必适用于同质时代，于今许多家庭的痛苦是大同小异的，诸如孩子教育、养老就医、亲情冷漠、人际关系紧张……而幸福的家庭一定各有各的特点，并不雷同。我的朋友圈里有个很特别的家庭，观察他们多年，给过我很多启发。丈夫成功地经营着一家私营企业，朴茂厚重，话不多却是属于那种压得住茬、降得住事的人。而持家的灵魂人物是他的妻子，智慧过人，思维敏锐，快言快语又精辟传神，她从不看电视，一天就可以读一两本大部头的书，且记忆力奇好，青少年时背诵下来的数百首古诗词，至今还能张口就来。这一对真是"绝配"，天造地设，相得益彰。

当初他们相识就颇有戏剧性，大学毕业后她乘火车回家，见对面一小伙子把他奶奶照顾得特别好，中途小伙子把老奶奶送下车后自己又回来了，她很好奇地问他，怎么没有跟你奶奶一块下车？小伙子说她不是我奶奶，是上车后认识的。她心动了，这个人对不相识的老人都这么好，将来跟他结了婚，一定对我错不了。后来那个小伙子就真的成了她的丈夫。刚结婚的时候她是单位的业务尖子，收入比丈夫高，却全部交给丈夫，丈夫让她管，她就往抽屉里一丢。他们家所有的抽屉都没有锁，谁用谁拿，出哪门进哪门，经常对不上号，丈夫心细，不得不把钱都管起来。有女同事提醒她，把钱都交给男的很危险。她却说夫妻如果连这点信任都没有，在一起还有什么兴味？他如果拿我们过日子的钱去破坏我们的生活，这样的男人不要也罢。

才女不当家如何"相夫教子"？后来丈夫的工作担子越来越重，常常顾不上管家，当他们有了孩子后她自然而然地就把家管起来了。当时丈夫的前程正风生水起，做到一个著名大公司的"常务副总"，可谓"一人之下万人之上"。她却莫名其妙地有了一种不安全感，突然就拿出工资卡还给丈夫："我有工资，够我自己花销和养儿子的，我不需要钱。你若犯错误，不是为我们母子，所以我不承担后果。你如果被抓进去，不要指望我等你，给你往牢里送饭！"自娶了这位才女，丈夫对她的智慧绝对信服，一旦她动了真格的，说话也是"稳准狠"，他想要保全这个让自己心满意足的家，就只有听她的。于是他们搬出了公司老总们居住的小区，在别处另租了一套房子安顿下来。后来公司果然出事了，九个"高管"除去她丈夫，其余的八个都陆续被抓进去了。"妻贤夫祸少"，特别是在贪腐成风的现代社会环境中，女人的才华还要能体面而别致地看管好丈夫的灵魂。

现在作为私企老板的丈夫有不少令他头痛而又不能不去开的会，他经营的是高新技术产业，还常会有科技报告、学术交流等等，所有这些自己不想去的活动一律委派妻子代他前往。她是学园林的，工作时间相对灵活，但凡丈夫有令一定照办，而智慧过剩的人只要认真，无论多么枯燥乃至业务性多强的会，都能听得明白、记得牢靠，觉得丈夫必须知道的东西就记录得格外详细，回来简明扼要地向老板汇报。一经她的嘴再说出来，无论多枯燥的东西也变得准确生动，丈夫也能听得进、记得住。竞争社会，才华是人生最可靠的资源，而女人的才华除去通常人们以为的出类拔萃的创造力，还体现在一种超乎寻常的直觉或预感上，她总是很有主张，并且自信。

"相夫"如此，"教子"也有自己独特的路数，绝不碎嘴子，平时基本不唠叨儿子，但管一次就管得儿子心服口服，成长一块。她对儿子说，你在我肚子里待了十个月，这是无法改变的事实，到我对你有要求时你不能拒绝。她几乎没有批评过儿子，还对儿子的班主任说，你不要批评他，非要批评先告诉我，说不定是我惯出的毛病。有时丈夫叫她管管儿子，她说我不管，我管那么多他就不跟我好了，再说要留点缺点将来让他媳妇管。就像你身上的那些毛病，还不是你妈给我留下的作业。我若把儿子管得很好，将来岂不是便宜了另一个夺走我儿子的女人？她虽然并不是每天都督促儿子看书、写作业，但一直陪着儿子读书，而且读得更多，读得更晚，也更累，却非常快乐。儿子从小就从她身上感到读书是世上最美妙的事情。

　　她不想把儿子限制在自己的知识范围内，他将来会活在另一个时代，这样的孩子将来会更善于安排自己的生活。在别人看来她不怎么管儿子，儿子却很优秀，考上了全市最好的中学。开学没几天她接到了儿子老师的电话，老师一上来就在电话中数落她儿子的毛病，滔滔不绝地一直说了将近十分钟，她用同样不客气的语调打断了老师的话："对不起，请您住嘴！您才接触我儿子几天，肯定没有我这个当母亲的更了解这个孩子，我儿子绝对没有您说的这么坏！您能用相同的时间说说他的优点吗？"老师没想到家长竟敢顶撞她、质问她，一时竟哑口，无言以对。她接着说："如果他只有缺点没有优点，怎么可能考上你们的学校？你们是少年犯管教所吗？"老师被问得火气更大了，大声冲着电话说，你当家长的这么护短，你的孩子我们就没法管了，出了问题我们不负责。她仍不退却："如果你只盯着学生的缺点，甚至夸大缺点，无中生有，我的儿子不要你管，有任何问题我自己负责。"

　　晚上儿子放学回来，她将跟老师的对话如实告诉了儿子，然后问道："从今天起，在班主任老师眼里你很可能被打入了另册，不仅不管你，还会老盯着抓你的缺点，你怕不怕？"她的儿子自然不会说怕。她鼓励说："妈妈相信你，其实这个老师可能在用激将法，对你来说有个凶恶的老师不是坏事，自古严师出高徒。你一定要自律自强，证明自己不是她说的那种学生，而是妈妈信任的孩子。"以后，从别的学生家长那里知道，班主任老师给许多家长都打了那样一个大同小异的"杀威棒"式的电话，但不到一年那位老师就调走了。她的儿子也一路"学霸"到底，如今在美国读博士，去年假期回来十几天，每天开车接送他们两口子上下班，在家为他们买菜做饭……邻居们都很羡慕，看她轻轻松松，真不明白是怎么把儿子调教得这么优秀。似乎什么好事都叫她家赶上了！

这恐怕不是碰巧"赶上"的事，对一个女人来说，有一个理想的丈夫，自己也就成了理想的妻子；有一个出色的孩子，自己就是出色的母亲。一个好的家庭，一定有自己独特的面貌。她的全部诀窍就是保持真实，对自己真实，对外真实，在同质社会便显得特立独行。这种差异，恰恰就成了她的优势。

"老大姐"是一种口碑

经历了一次次政治运动的文坛，关系复杂，是非纷纭，留个好口碑是很难的。

苏予先生就是为数不多的有口皆碑的"老大姐"。这是德高望重的别称，年纪可以大一点，并不一定要很老很大，在当年"四大名刊"的主编中，论年龄苏予恐怕还排在后面。能给人以"大姐"的感觉，主要因为人性好，安静，亲切。我见她的次数有限，而且都是借开会之便，印象最深刻的是她没有客套的虚词，问得最多的是"最近日子好过点吗？正在写什么？需要我们做什么？"

第一次听到她这样问的时候我很惊讶，我们接触并不多，可她对我的情况似乎知道得很多。她跟你握手的时候眼睛就看着你，神情是专注的，让你感到她对你的关切是真心的。当时由于文艺界神经过敏，流行"王顾左右而言他"，或"眼观六路，耳听八方"，有些人在跟你握手时眼睛却瞄着别人，明明是听着你说话，耳朵却在捕捉旁边更重要的声音。有一次我的旁边坐了位领导，他问我结婚没有，有没有孩，我很认真地告诉了他。隔了一会儿他又转过头问我，结婚了没，有没有孩子，原来人家是没话搭话，表现得很关心你，其实你说什么他根本没听进去。

我初涉文坛，又是"工厂业余作者"，真切地感受着文坛各色人物的冷暖虚实。老大姐并不等于是"老好人"。苏予的清净自然，是一种怀真抱素、宠辱不惊的坦荡与自守。《十月》这本刊物的诞生及其名号，就象征着精进、锐利、雄辩。且看她主编的第一期上发表的名篇:《小镇上的将军》，获当年全国短篇小说奖、推出了至今还纵横文坛的出色作家陈世旭。白桦的《苦恋》，后来拍成电影，引发了一场全国性的"大讨论"，随后还爆发了"批自由化""清除精神污染"等运动，波及每一个作家。那一期杂志上还有《飞天》《牛棚小品》等等。

曾经有很长的一段时间，我无法将一个温厚的老大姐形象，与叱咤风云的《十月》杂志的风格统一起来。第二年（1980）《十月》发表了我的第一部中篇小说《开拓者》，碰巧正赶上从这一年起设立全国中篇小说奖。那个时候我白天在车间抓生产，有点业余时间还得写小说和应付批判，当地的机关报正在一版一版地批我，心里从未将《开拓者》跟什么奖联系起来。当时评奖好像是群众推荐和专家评断相结合，有人推荐了我的小说，入围后却引起争议，争议的核心是因为小说中一个着墨不多的人物："S副总理"。不知什么人对号入座，或是有读者对号入座引发了意识形态的敏感 …… 总之关于这部小说的负面消息不断往我耳朵里灌，甚至连第一机械工业部的领导都知道了。

在这之前一机部曾召集张洁、程树榛、吉敬东和我这些一机部的作家再加上刘宾雁等，开过两三次座谈会，部长作有关于形势的报告，也召集我们这些人去旁听，我们厂又隶属于一机部，天天不知会有多少联系，厂里想瞒都瞒不住。这让我叫苦不迭，上一篇小说的风波还没有完，《开拓者》的麻烦又接上了 …… 我的麻烦自然也就是《十月》的麻烦，是自己牵累了人家。

不想这部小说最终还是获得了首届全国中篇小说奖，进京领奖时见到苏予主编，她竟上来就说："祝贺我们的新科状元！"同年，我的另一篇小说《拜年》在全国短篇小说奖榜单上排在前面，她的"状元"一说大概就是由此而来。至于《开拓者》给她和编辑部造成多大压力却只字不提，反劝解我不必太在意传言，小说有争议又不是坏事，最终的结果证明大家还是肯定了这部小说，认可了它的独特性。还问我同时获两个奖，在天津的日子会不会好过一点？

我是"敏感人物"，知道被争议的滋味。那个年代文人聚会离不开谈论这方面的内容，大家都是从各个政治运动中过来的，说说委屈，发点牢骚，已成为一种风气。人人都挨过整，被整得越惨，越有发牢骚的资本，"失败"成就"英雄"。我从苏予嘴里却从未听到过类似牢骚的话，即便《十月》处于全国意识形态的风口浪尖，或者大红大紫、人人争阅的时候，她也一如既往地温和清静，既不抱怨，也不摆功，"心辩而不繁说，多力而不伐功"。

这或许就是老大姐的担当。人生难得是心安，心安人才静。

西湖佳偶

今年春天，我有幸被德清图书馆聘为"驻馆作家"。"驻馆"期间结识了杭州书法家蔡云超伉俪。丈夫身材修长，温文静寂；太太娇巧秀洁，性情爽利。在书坛盛行鬼画符以为创新的风气下，蔡云超的笔墨骨俊气清，根脉端正，气韵不俗，令我钦敬。

后来我们移居到莫干山麓由民居改造成的"乡间别墅"，可隐居，也可在节假日供朋友聚会，名为"见山庐"。四面群峰环绕，岚气成云，庐前溪水潺湲，鸟鸣啁啾，令人俗虑顿消。我不禁脱口而出："见山山若画"，后面本来还有一句"进庐庐如……"

最后一个字卡住了，身后有人给续了一句："听水水如琴"。我回头见是蔡先生，就又说了一句："庐内不染尘"，他随口而答："山中含淑气"……这种大白话的游戏似不能让他尽兴，随后又口占一绝："倚山风携翠，傍水叶翻琚。贞心尘不染，妙语契真如。"

他的太太则在一旁摆桌子铺纸，为大家即将开始的笔歌墨舞、尊酒论文做着准备。后来接触多了，听了一些蔡云超夫妇的故事，直觉得这一对西湖佳偶可谓珠联璧合的"绝配"。许多年前，西子湖畔的青年才俊蔡云超，能诗擅赋，写一笔好字，择偶颇为自负，眼界甚高。某日有一姑娘骑车从他的机关门前经过，惊鸿一瞥，如电光石火般击中了他的心，竟赞出声："真吾妻也！"于是打听姑娘是何方神圣，姓甚名谁，然后就展开了强劲而持久的追求，或急风暴雨，或慢火细工……工夫不负痴心，终成佳话。

如今二十多年过去了，他们在有"天堂"之誉的杭州城已是名头响亮的"文化伉俪""笔墨鸳鸯"……这归于蔡云超笔墨已入佳境，被誉为"浙江碑廊书法第一人"；而他的妻子俞宸亭，被读者和媒体亲昵地称作"旗袍作家"。二人倾其所有，开办了"桐荫堂公益书院"，太太是堂主，请各行业的专家来书院免费为民众"传道授业解惑"，其中也包括蔡云超不定期的在书院办培训班，讲授书法艺术。

他们经常是伉俪偕行，形影不离，或许是夫唱妇随，但给人们的感觉更像"妇唱夫随"。丈夫显然是个有主见的人，当初不是他的一见钟情后"猛追不舍"，就不会有后来的美满姻缘，或许是夫主内、妻主外，但看上去更像内外皆由其妻主之，丈夫乐不得只管写好自己的字就万事大吉。古云：丈夫丈夫，一丈之夫，一丈之内足够他挥毫泼墨了。一丈之外，全由妻子打理。

中国的传统智慧中讲究"气"，同气相求，以气引力，乃至"言有长短，取足于气"。蔡先生内敛，俞堂主外向，且气场很足，总是呈现出一种光鲜的精神面貌，充满自信，生气勃勃，思维活跃，想法很多，无时无刻不在拓展心理空间和地域空间。她有一种能创造丈夫的天赋，在丈夫成功的路上，一路欣赏他，给他打气。帮助丈夫成功、能让丈夫快乐的女人，自然也最能体现自身的价值。他们还有一个重要的收获，就是养育了两个出色的儿子，老大已经读大学，老二还在上高中，他们在各自的学校都是"尖子生"，舞文弄墨也崭露头角。

这样一个家庭本身，在当今社会就很有典型意味，甚至具启示意义。现代"围城"中的人们问题太多，麻烦太多，生存竞争剧烈，各种负担沉重，若想创造自己的幸福，格外需要别出心裁，发挥自己的长处及个性优势，选择适合自己的生活方式。这可能是同质社会里的上佳选择。

相依为命

　　只要经常去公园，时间一长准能结识一些有味道的老夫妻。

　　老曹两口子的年纪比我大，他们每天只是拉着手在公园里慢走，走一圈之后就在长臂猿的铁笼子前做他们的"夫妻操"：男的先双手抓在栏杆上，弓起背让女的捶打，从肩到臀，细细地捶拍一阵，然后再把腿架到栏杆上，从上到下又捶个溜够。女的给男的捶完了，男的再给女的捶，程序一样。只要他们两个一捶打，笼子里的长臂猿就响应，追逐，吼叫。先是由一个猿挑头：呜哇儿呜哇儿……首领叫过几声之后，全笼子的大小猿就跟着一起呼应：呜哇儿呜哇儿呜哇儿……一边叫着一边撒欢，抓得铁笼子呼呼山响。

　　我在旁边看着都舒服，便问老曹："这些长臂猿认识你？怎么你们一亲热它们就闹腾？"

　　老曹说："相处这么长时间了怎么可能不认识？它们是妒忌，是模仿，是给我们俩助兴。"

老曹是南方人，曾是一家出版社的编辑，"文革"中被下放到市郊的干校，老婆跟他离婚自己回南方了。每到秋天，干校会分点粮食或地瓜之类的东西，他没有家伙盛就装在自己的裤子里，把两端的裤脚系死，扛在肩膀上回城。他现在的老婆当时是跑郊县的汽车售票员，看他这个人很有意思，只要他一上车就给他张罗一个座位，车上人太挤的时候就把售票员自己的座位让给他。其实老曹把粮食扛回家也没有人吃，渐渐地就开始把粮食往那个女售票员的家里扛了。售票员是天津姑娘，嘴茬子厉害，卖票的嘛，什么人都见过，什么嘎杂子琉璃球都能应付。但他们结婚后过得很好，这就叫合适。

世上没有完美的人，却可以有完美的合适。家是女人的梦，女人是男人的梦，能将梦转化为现实的夫妻，才能长久。在现实中偶尔还能一梦的夫妻，就是快乐的神仙眷侣了。

另有一个老齐，曾是一家有400名员工的企业主，连续两次决策失误，把企业整黄了。后又借了2万元开了个土产杂货店，不想开张没多久被一把大火烧光。老伴急火攻心脑出血，幸好抢救及时，保住了性命。老齐每天早晨用车推着老伴在公园转一圈儿，哪儿风景好、哪儿有好看的就推着老伴往哪儿去。这一圈儿遛下来要两个多小时，然后回家，在路上顺便买了早点，服侍老伴吃完早饭，自己便扛着板凳上街去磨剪子抢菜刀。

他卖手艺有个习惯，客户身上有零钱就给，没带钱就下一次再说，下一次如果忘了也就作罢。老齐经历了大起大落，把什么都看淡了，越穷越简单，活得简单了负担就少，人反而更豁达。他们有儿子，提出要接他们过去，老齐不干，他说凭自己的手艺够吃够喝，老两口子这样挺自在。只要有老伴在，他的房子就是家。有家，自己的心就有地方存放。心放好了，别的东西都丢了也不怕。他还给我念过一首唐寅的《叹世》："富贵荣华莫强求，强求不出反成羞。有伸脚处须伸脚，得缩头时且缩头。地宅方圆人不在，儿孙长大我难留。皇天老早安排定，不用忧煎不用愁。"

这是唐伯虎受徐经（徐霞客的曾祖父）会试作弊案的牵累，在大牢里被关了一年多，后来虽侥幸保住了性命，却断了前程，只能回乡以卖字作画为生，饱尝世间冷暖，作此诗聊以自慰。不想老齐竟能倒背如流，可见他的内心承受力也很不错，在物欲横流的商品世界也算得上是位高人了。他高在不仅能上能下，能富能穷，而且穷得不失尊严。

人有钱活得体面很容易。没有钱了，就必须有大智慧，才能活得快乐而有尊严。公园里许多看似很寻常的老夫妻，背后或许都有不寻常的故事。我还注意到另一种现象，凡一起到公园晨练的夫妻，大都是和谐快乐的，经常闹别扭的或同床异梦、分床异梦的，不会携手到公园里来。

老话说，男人最重要的财富就是两样：好老婆和好身体。

但不能由此而推断，凡不来公园的就不是和谐快乐的夫妻。只能说公园里确能调节性情，对上了岁数的人更是如此。

地书

你知道什么是地书吗？如果不懂，赶快去公园里见识一下。

还是在孩子很小的时候，我经常会带他们去公园，京津的几个公园都去过不止一次。自我的孩子们长大以后，几乎就再没有进过公园的门。去年春天冒出了一种叫SARS的病毒，声势嚣张，别的地方都不能随便进了，如果不想成天在家里憋屈着，就只有去公园。当然，公园的门票也涨钱了，而且涨到了我想象不到的程度。我不懂，人们天天在讲"跟国际接轨"、要建设"国际大都市"，可发达国家的公园要门票的已经不多了。

我还发觉，现在的公园也跟以前变化很大。过去的公园里以青年人和孩子最多，主要是哄孩子的和谈恋爱的。现在却成了老年人的活动中心，到处都是老年景观，到节假日才有一些青年人和儿童，但谈恋爱和偷情的也不多。这是因为公园里的好地方都被老年人给占了，而且还咿咿啊啊的大声喊嗓子，搅了年轻人谈情说爱的兴致。幸好现在的年轻人开放、大胆，在什么地方都可以亲亲热热，用不着花钱到公园里去偷偷摸摸。

这让人怀疑，我们这些老家伙是不是有点过分了？但也说明现在老年人的快乐远远高于青年人的想象。就在进公园的头一天早晨，我就见识了"地书"表演，可谓大开眼界。

在湖边的台阶上，有十几位老人各自手握一杆一米多长的大笔，蘸着湖水在地面上写大字。弓腰悬臂，提气凝神，有的工楷，提按顿挫，一丝不苟；有的行书，水润滋漫，神韵自摇；有的狂草，笔走龙蛇，水滴飞溅。无论字写得好坏，都浸润着一种气韵精神，泛溢着一股快乐。有人写的是现成的豪言壮语：老骥伏枥，老当益壮；一点浩然气，千里快哉风；苍龙日暮还行雨，老树春深更著花。有人在抄写时下流行的顺口溜：春眠不觉晓，麻将声声了，夜来风雨声，输赢知多少……围观者跟着一块念，然后哈哈大笑。

每个字都有其含义，每句话都表达一定的内容，于是这种现场地书表演就有了社会性、讽刺性和娱乐性。每个执笔者的性格不仅体现在字上，还体现在所写的内容上，使湖边变成一个大娱乐场。写的，看的，在一旁给出词的，起哄叫好的，相互切磋技艺的，指指点点品头论足的……这种地书的大笔都是自制的，笔杆用塑料管或拖把杆代替，笔头则是海绵或泡沫塑料，蘸一下湖水能写五六个字。省钱，省事，用不尽的湖水，写不完的土地，既练字，又健身，还可养神益智。难怪写地书的人越来越多，看地书的人也越聚越多。

其中有位老太太的字写得很见功力，自己写一阵就扭脸指导一下身旁的一位老先生："你为什么老把字写这么小？抠抠搜搜，瞎瞎糊糊，湖水又不花钱，让字伸开腰，笔画要舒展，不怕难看，就要个大气！"老先生不吭声，笔下的字果然写大了。但字一大笔画就散了："你瞧瞧，这么难看，还谈何大气？"

呀？听口音有点耳熟，就凑过去仔细端详老先生的面容。果然很像我过去认识的一位梁工程师，学冶炼的留美博士。他的太太则是留苏的，当时是另一个大厂的厂长，人称"香水厂长"……想到此我似乎真的闻到了老太太身上有股淡淡的清香。在我的记忆里，梁太太只要出门就一定会往身上喷点香水，我第一次知道世界上有香水这种东西，就是从梁太太那里长的见识。上个世纪50年代，"苏联老大哥"援建的项目正如火如荼，梁工作为高级专家也在我们厂待过很长的时间，每当他的太太到我们厂来找他，在她走过去两三分钟内，楼道里还有香水味儿，那时候苏联制造的东西讲究傻、大、笨、粗，连香水的味道都格外刺激。只要她一来，我们就禁止闲杂人员随便出入，以尽可能多保留一会儿楼道的香气。

"文革"一开始梁工被打成"美国特务"，但他大腹便便，体胖心宽，在厂里挨完斗，回家换一件干净衣服像没事人似的上街混在人堆里看大字报。1968年春天，我刚结婚不久，床铺、柜子、饭桌都是用旧木料自己胡乱打成的，因此非常想有一个新的写字台。可一般的写字台我的小屋里放不下，有天下班后在劝业场花32块钱买到一张小号的"一头沉"，可没带绳子，用自行车驮不走。我只好将桌子搬到大街上，等着看见个熟人就有办法了，那个时候城市小而我们工厂大，再加上物资匮乏，大家有空就到大街上蹓摸点吃的或便宜的东西，在市中心会经常碰上同事或熟人。果不其然，不大一会儿工夫就看到梁工顺着街边的大字报溜达过来了，我冒叫一声，吓得他一激灵，赶紧凑过去小声说："我得给您找点麻烦，是您回家给我拿条绳子来，还是在这儿替我看着桌子，我去找绳子。"他选择了后者，等我找来绳子还帮着我把写字台捆在自行车的后架上……

想起这些往事，我忍不住想笑，便直起身子学着梁工的口吻说："好，水边写水字，字水灵，人滋润。"梁工身边的老太太扫了我一眼，到底是留苏的，气势还像"苏联老大哥"那么冲："什么叫水字？这是地书，懂吗？我们有个正经八百的地书协会，会员比在纸上写字的书法家协会的人还多！"

我赶紧改口："失敬失敬，地面练地书，越练越地道。"老先生也借机站直了身子，看我半天才笑模悠悠地说："你是大笔杆子（这是我在工厂时的外号）？"我笑了："您果然是梁老总，几十年没见却在这儿碰上了。""你一定是几十年没到公园来了，人们不是经常感叹世界真小吗？何况一个城市！"

"不错，一个留美的炼钢老博士，一个学机械的留苏专家，如今都成了地书协会的会员，好风雅，好情趣，越老越精神!"

梁工摆摆手："行啦，别咬文嚼字，我知道你的本意是想说，水边写水字，越写越水，字水人也水……"

"不敢，不敢!"我也学着他的样子赶忙摆手。

老工程师依然像过去那么风趣，年近八旬还有这般风采，我想跟他天天在水边练地书有关。于是我向他请教了制作地书笔的方法，打算回家也做它一管，以后也常来湖边凑凑热闹。

钟馗——裴艳玲

许久没有跟裴艳玲联系，偶尔听到一些关于她的传闻也真假难辨。有说她已经定居海外，我不免惋惜，她5岁登台，12岁唱红，上个世纪七八十年代她饰演的沉香、哪吒风靡全国，被万里称为"国宝"，吴祖光曾对她发出过"前无古人"的赞叹 …… 如今刚进中年，艺术上已臻炉火纯青，在海外能有什么作为？

也有人说她在欧美巡回讲学，极受欢迎。这倒可以想象，一个文静端庄的妇女，平时寡言少语，内藏秀气，上得讲台却讲解怎样唱男腔，边讲边唱边做，刹那间就能从一个女人变成地道的伟男子大丈夫 …… 如果再配上她的演出录像，如《宝莲灯》《哪吒》《林冲夜奔》等，不引起轰动才怪呢。

我最近一次看她的演出也在十几年前，是新排的大戏《钟馗》。

相貌堂堂的钟馗，在京城舍身抗暴，变作驱魔大神，一改往日的风流俊雅，红面套须，瞪目如炬，狼腰虎体，狰狞可怖。虽身为鬼神，仍牵挂着孤苦伶仃的胞妹，深夜回家，劝妹出嫁，却又担心自己这副大丑的形容吓坏小妹……裴艳玲做出一系列的身段，将钟馗的游移、盘旋、渴望与妹妹团聚，却又不敢贸然叫门的神态表现得准确而又生动。精微独到地活画出"物是人非倍伤情"的钟馗、一个有着深重人情味儿的鬼神，浓墨重彩地渲染出其悲剧气氛。

谯楼起更，钟馗不得不上前叫门，小心翼翼，压低声音："妹妹不要害怕，我是你哥哥……钟馗……回来了……"看到此处我感到眼窝发热。兄妹相对而泣，诉说人世不平，其声其情震撼人的心灵。钟馗的大段梆子腔中，糅进了某些昆曲的韵味，愈增其悲凉和激愤。我接受了这音色壮美的新唱腔，没有感到它不是河北梆子，也没有觉得有丝毫的不舒服，相反地倒发现河北梆子音乐却原来还有着这般丰富而强大的表现力：浑厚、雄阔、高亢、苍凉以及瞬息万变的丰富性和爆发性，是其独具的优势，是其他音乐形式所无法比拟的。

钟馗代妹择婿，悲喜交进，忽悲忽喜，喜是悲的铺垫。裴艳玲一反戏曲舞台上用两面黄旗代车的程式，让小鬼推着镶金挂彩的真车上台，富丽堂皇，钟妹端坐其中，鬼卒前呼后拥，吹吹打打，大胆而又巧妙地表现出鬼办喜事的排场和热烈。这既是具象的，又是抽象的，有写意，更有写实，淋漓尽致地表现了鬼的美，鬼的侠义，鬼的善良和朴实。群鬼皆美，钟馗独秀，他喜不自胜，不住地整衣、理髯、照镜子。裴艳玲动用了自己全面的艺术才华，使我感到只有她这样的演员，才能塑造出这样一个具有强大艺术生命力的钟馗形象。

她这个钟馗正好同人们心目中幻想的那个钟馗合二为一，似乎钟馗就应该是这个样子，也只能是这个样子。看得出，裴艳玲吸收了京剧《钟馗嫁妹》中的某些身段，但这个钟馗是属于她的，她给了钟馗以真正的灵魂和血肉，每一举手投足都是钟馗，没有多余的东西，没有游离于人物之外的技巧。她靠吃透了钟馗的灵魂，才点亮了这个活灵活现的形象，她为钟馗设计的舞蹈、造型，别具一格，亦庄亦谐，有时像孩童那般天真、单纯，这才是鬼。既有独特的象征意味，又是真实的，美的。如果她用一套表现英雄人物惯有的严肃庄重、正经八百的动作，能有这样的效果吗？那还像鬼中的魁首钟馗吗？

令我最感兴趣的自然是"打鬼"，钟馗到阴曹地府报到，阎王则派他到阳间打鬼。阴间无非是一些服毒鬼、吊死鬼、淹死鬼之类，并无游走害人的能力，而妖邪还数阳间最多……前半场以"院试"为主，下半场以"嫁妹"为重点，《荒祭》一场堪称鬼来之笔。外在气氛是欢乐的，内在精神是悲哀的，外在的喜庆气氛愈浓烈，内在的悲剧基调愈深刻，以喜衬悲，其悲越甚！

活在人世的妹妹洞房花烛之夜，也正是与做鬼的哥哥生离死别之时，妹子、妹夫仰天而跪，哭留钟馗。钟馗则站在长天一角，人鬼不同域，天地长相隔，他劝慰妹妹："贤妹，今天是你的大喜之日，你不要落泪呀……"裴艳玲发出三声悲从中来、以笑代哭的笑声。人鬼哽咽，天幕上托出钟馗的巨大投影，把全剧推向崇高而又悲壮的高潮……

我不能自禁，竟流下泪来。这眼泪使我惊奇，令我不安，我不是喜欢看戏流泪的人，回家后久久不能入睡。是什么力量让我落泪呢？是因为它太悲，有一系列人变鬼、鬼嫁妹的情节？不，我看过比《钟馗》更为缠绵的悲剧，能单纯地依靠悲伤催男人泪下并不容易。是因为它壮？它奇？它新？它精？是，又不是。

艺术的感染力比光谱、色谱的成分更为复杂，它不是靠一个因素感染人。也许正因为《钟馗》集中了上述诸因素，借美的形式反映出来，才如此打动我。情感是一种错综复杂的心理现象，它是艺术的生命力，艺术的价值正是取决于这种感染力。裴艳玲之所以能"文中有武，武中有文，文武兼备，得心应手"，在戏曲的淡季把一出《钟馗》演活、演热、演红，并不全仗她有深厚的幼功基础和精湛的表演手段。令人感佩的倒是她把自己的全部才华熔铸为情，"情动于中，故形于声"，为情而造戏，不为戏而造情！

中国戏曲是一块需要大师，也能够产生大师的土壤。裴艳玲在《钟馗》里调动了自己的多面性艺术才华，开始进入一种"化"境，从小生、武生到花脸，演来一气呵成，干净利索，举重若轻，要什么有什么。唱、念、做、打等多种过硬的戏曲功夫，全部糅进对人物的深刻理解之中，看不出纯粹的技巧，却处处都藏着技巧，即高温不见火焰！

对于美，任何人都不能制定出一个规范，钟馗明明长得丑，看了戏的人都说他的形象美，只有真正的艺术才有这般神奇的魅力。这说明艺术变成了裴艳玲的生命，能帮助她克服心理和生理上的障碍。即所谓"戏保人，人也保戏"。

我好久没有这样被戏剧强烈地感动过了，以至于过去这么多年还不能忘怀。昨天河北梆子剧院的一位朋友告诉我，裴艳玲最近将亮相中央电视台的戏曲频道，说不定又有惊人之作问世。兴奋难耐，遂写此文以示期待和祝贺。

男人的故事

　　去年，世界音乐杂志《合群者》，将著名歌星姬丝汀娜·艾丽娜作为封面女郎，其身穿三点式，摆了个极其性感的姿势，手腕上醒目地挂着一副手铐。于是今年的情人节便流行送手铐，把情人铐上，男铐女或女铐男，刺激而牢靠。情人们对情没有把握，想借助于手铐的象征性。

　　现在的女人们对男人唠叨最多的就是：男人像男人的太少了，全世界就剩下有数的几个，他们大多还存在于好莱坞的大片里、世界级足球赛的赛场上和世界拳王争霸战的擂台上 …… 现代社会给男人会诊的结果是：男人大都精神压力过大，经常被自我怀疑深深困扰，平均寿命比女性少5岁（多虑多疑外加小心眼）；男人习惯于压抑自己的感情，更容易疲劳并患上心理疾病，是心理医生的主要病人，还很容易产生自杀的念头，其自杀概率是女性的4倍多（可怜复可怕）；男人最脆弱，遭遇严重意外事故的概率更高，死于交通事故和谋杀的概率是女性的2倍（黄鼠狼单咬病鸭子）；男人的健康状况也江河日下，血液循环容易发生障碍，易得冠心病、糖尿病、溃疡病，被诊断出艾滋病的概率是女性的3倍多，患色盲症的男人是女人的80倍（可谓雪上加霜）；男人往往手头紧张，自尊心差，形容猥琐（令人想起武大郎的绰号：三寸丁谷树皮）；男人招致批评最多的是缺乏男人气，性功能退化，阳刚之气荡然无存。报载："抱怨丈夫性欲太强的女人日益减少，而对丈夫性冷淡不满的女人却日益增多（完了，完了，男人不男，乾坤错乱）"。

人活的就是心气，力量是一种内在的气质。力气、力气，没有气就没有力。志气、胆气、牛气也一样，男人没有男人气了，也就丧志、丧胆，想牛也牛不起来了。当遭遇坏人公开行凶而不敢挺身而出时，妇女们就会抱怨："现在哪儿还有男人啊！"可她们忘了，眼前行凶抢劫的正是男人。这是现代男人的又一个问题，英国精神病学家安东尼·克莱尔在《关于男人》一书中说："21世纪初，人们很容易得出如下结论，男人的问题非常严重。纵观世界各地，无论是发达地区还是不发达地区，做出反社会行为的主要是男人，暴力、儿童性侵犯、使用违禁药品、酗酒、赌博等等，绝大多数是男人的'杰作'；在法庭受审的、在监狱坐牢的，差不多全是男人；在侵犯他人、失职、冒险和故意伤害方面，男人也总能拿冠军。"

你说，男人还要得吗？其实，男人的命运在有男人的那一天，就已经决定了。《圣经·创世记》里说，男人一生日日劳苦才能得到吃食，汉字的"男"，就是田地里的劳力，这是男人的资本，有力气，劳苦得起。男人不怕劳苦，有能力有条件劳苦，挣得了吃食，那就可以扬眉吐气，管辖女人。问题是现在的男人想劳苦而不得了，正在失去男人传统的职能优势。过去，造船、挖煤、建筑、打铁等重体力劳动多由男人承担，他们出一身臭汗，挣一把大钱，养家糊口，说一不二，造就了男人高高在上的地位。而现在呢，商品和欲望的逻辑摧毁了传统经济模式的控制，世界正从蓝领经济向白领经济转型，新职业取代了旧职业，组装电脑、操纵键盘、接听电话、扫描条形码……要求工作人员最好具备一些女性特质，比如能够应付某些不确定因素的灵活性，对权力没有过多的奢望，聪敏的头脑以及亲切的微笑等等。所以在美国妇女中，职业女性从过去的51%增加到现在的71%，美国现在的女硕士也比男性多出1/3。落魄是男人的致命伤，失意的男人再怎么装强扮硬，也只是一个空架子。

不可否认，现代社会上还有许多成功的男人，可他们的问题也不少：由于狂热追逐业绩，经常被搞得身心疲惫，支离破碎，看起来声名显赫，恃才傲物，同样会灰心丧气，具有依赖性，需要别人的帮助，男人对此非常恐惧。看看，失意不好，得意也不好，于是就出现了另一种状况：不想离开家，躲在有父母保护的安乐窝里。据英国政府最近发布的一项报告称：

"2000年，年龄在30到34岁之间的英国男性中，有10%仍然跟父母住在一起，而女性仅为3%。"男人竟如此衰败，成了长不大的品种。但愿他们的父母永远不老也不死，且有足够的钱养活他们！

天道无常，人道也无常，世界上的许多生物都消亡了，没有消亡的物种也在变化。人也一样，特别是男人。现代社会之所以对男人那么看不惯，是因为男人正在变化，变得不伦不类面目全非，甚至不男不女。而这正是"新男人"所追求的。最能说明问题的就是英国球星贝克汉姆，他成了全世界女人崇拜的性感偶像，甚至连男人也喜欢他那张轮廓精致的脸。这是因为他剽悍强蛮、阳刚之气十足吗？显然不是。甚至恰恰相反，他那变来变去的怪异发型，一身花里胡哨的装扮，有时甚至涂上红指甲，这不是典型的男人女气？竞技场上最充分体现了男人变化的新潮。那些最能表现男人力量的竞赛项目，诸如足球、篮球、拳击、摔跤等等，满眼都是神头鬼脸、歪瓜裂枣、半阴半阳、不三不四。东方的性感明星木村拓哉也不甘落后，开始给自己抹口红，风行一时的F4小子梳起飘柔的披肩发……男人一变成这样，就刀枪不入，不怕伤害了。自我欣赏，自我迷恋，有阴有阳，不阴不阳，还在乎别人说什么吗？事实是男人越这样，女人反而越喜欢，以至于形成一条现代男女恋爱规律："美女配丑男"！

心理学家管这种现象叫"求偶从众心理"，是由于女性的好胜心理所致。诡异、怪僻、破格、浮夸、坏品位已达到无可救药的地步，甚至连伤风败俗都成了时尚。这标志着世界进入了一个"男色时代"。"男"的也称"色"、靠"色"，"男人无须向什么人企求温柔，温柔的就是自己！"亲爱的可怜的男人们，变吧，快点变吧！早变早沾光，晚了可赶不上。一步赶不上，步步赶不上！

美女的宿命

世界从来没有像现在这么卖弄性感，连马路边的电线杆子都扯旗挂彩、搔首弄姿。其最直接的效果，就是繁荣了美女经济，成全了一个物质时代。女人被公认是"物质动物"，她们推动物质变化，物质又推动社会前进。几乎可以说，不追求物质的女人，简直就算不上是上进的女人。不信请看，现代经济活动中哪还有离得开美女的？铺天盖地的商业广告以美女为主，各行各业的形象大使多是美女，美女们占据了五花八门的杂志封面和报纸的彩版，更不要说一次次的选美大赛，模特大赛，到处都在晃动的礼仪小姐，以及一切娱乐场所里的美女班、美女排、美女连……美女成了一种紧俏的永远都供不应求的生产资源。

当天生的美女不够用时，就"人造美女"。难道世界上还有不是"人造"出来的美女吗？"造"即"做"，格外强调"人造"牌，是指由父母"造"出来以后，再经别人的手加工细作一番。这种美女可以大批量生产，源源不断地满足市场需求。消费社会嘛，形成了蓬蓬勃勃的选美经济、选美文化，造就了一种有目共睹的美女强势。

因为，当今世界仍是"父权资本主义"，或者说是现代文明下的"父系社会"。所以对美女的需求无尽无休，无可估量。人们相信美貌总能带来好运，灿烂的微笑、殷勤周到的服务总能讨人喜欢，使人神经松弛，感情变得柔和，更便于打交道。正如时下的顺口溜所说："办公有美女不累，喝酒有美女不醉，谈判要美女调剂，成功靠美女勾兑。"人长得美了到哪儿都沾光，人见人爱，人见人帮，社会心理学家称这种现象是"光环效应"。

于是，美女们在政治和一切社会领域中都发挥着极其特殊的作用，女总统、女总理、女部长、女议员、女大使、女慈善家等等，甚至在最枯燥乏味又无比凶险的金融以及其它经济领域，美女们的力量也举足轻重。如华尔街著名的"铁面美女"萨莉·克劳夫切克，是知名的伯恩斯坦证券分析公司的董事长兼首席执行官，年薪超过200万美元，并有"研究之王"的美誉，曾两次被《金融投资者》杂志评为华尔街头号证券分析师。是"头号"啊，前面没有男人。而且是世界金融中心华尔街的"头号"！

最近，猎头公司对中国一些城市的高级女性人才的任职情况也做了调查，得出了大致相同的结论。以广州为例，在十项职位中有一半是女性占优势，人力资源经理（总监）女性占80%；财务经理（总监）女性占60%；行政经理女性占90%；其他部门经理女性也占了40%……于是就有专家预言，在能够想见的未来，不论世界发生什么样的经济危机，世界范围内的"美女经济"都会呈现出一派兴旺发达的态势，而且还会继续兴旺发达下去。因为未来千年世界经济的第一大推动力将是休闲娱乐业……而休闲娱乐业恰恰是美女如云的地方，那正是她们的强项。甚至可以说，休闲经济即"美女经济"。

相反，凡缺少美女参与的地方就容易不景气。最典型的就是中国男子足球，按理说这跟女人的关系最小，可有人说中国足球之所以老是扶不起来，一次次气死国人不偿命，一个非常重要的原因就是缺乏美女介入。南美洲和欧洲的足球之所以踢得好，是因为人家的选美冠军、超级名模以及各种各样的女明星都争着嫁球星。而中国的女明星们都想方设法嫁老外、嫁老板，"国脚"们倍感寂寞，到了赛场上便提不起精神，弓着腰，缩着脖，像来了大烟瘾。

当今社会，女人只要长得美了，似乎无论干什么都沾光，甚至包括真杀实砍地打仗。在西非的利比里亚内战中，有一支威名赫赫的反政府的娘子军，其首领被誉为"黑钻石"。当地的政府军一提到她的名字就胆战心惊。这位"黑钻石"，芳龄只有22岁，骁勇善战，足智多谋，领导着反政府武装对政府军节节进逼，终于在去年8月迫使总统泰勒下台。由于她一直拒绝向媒体透露自己的姓名，"黑钻石"便成了她的名号。最近有美国记者采访了她，形容她真是"酷毙了！"那一身打扮无论到巴黎，还是米兰，都绝对称得上时髦：头戴红色贝雷帽，上身是一件背部全裸、低胸的大红肚兜儿，连吊肩带都省了，只靠两条红丝带系着。所以，女性胸部特有的曲线充分凸显，透着非洲女性特有的大胆和泼辣。她的下身穿一条蓝里泛白的紧身牛仔裤，腰间松松地系着一条宽式皮带，上面反插着一把锃明瓦亮的手枪和一部手机。左手腕上戴着时尚手表，表带也是红色的；右手腕上套着两只象牙手镯，脖子上挂着一个纯金饰物，而墨镜始终是吊在胸衣上。（见秋叶的《传奇黑钻石》）

世界上有数不清的各种各样的武装，也有数不清的各式各样的统帅，唯独美女领袖成了"黑钻石"。就像在伊拉克战争中，美国兵死了不少，当了俘虏的也有，只有美女林奇出了大风头，又拍电影，又写传记。还有更厉害的，那就是"美女炸弹"，在伊拉克和中东制造了一起又一起的自杀性爆炸，造成死伤无数。然而这类"美女杀手"并非伊拉克和中东的特产，俄罗斯美女玛丽亚·伯格，就是让国际刑警组织最头疼的恐怖女杀手，其先后在全球参与了16次恐怖活动。为捉拿她归案，曾悬赏10万美元，可是连奉命去捉她的联邦调查局探员都为她的姿色所迷，反成了任她驱使的裙下之臣。多年来死在她手上的情人不计其数，所以才被称作"黑寡妇"——这是一种致命母蜘蛛的称号，每次交配后都要吃掉雄蜘蛛。

　　但，"黑寡妇"再厉害也只是一个人，而本·拉登训练出来的"美女肉弹"，却有8000余名，其身上注射了HIV病毒，又经过专门培训，然后经由加拿大到美国。她们个个拥有天使般的面孔，魔鬼般的身材，能讲一口流利的美式英语，身着迷你超短裙，脚踏性感细高跟鞋，花枝招展、婀娜多姿地进出于游乐场所，使出浑身解数勾引美国军人，成就美事。只要她们每人能让1000个美国大兵染上艾滋病，就可以荣获"圣战"烈士的称号，会在天堂有一席之地。所以这些"拉登美人"个个都视死如归，不留后路地献身到底。令美国人防不胜防，忧心忡忡，惊呼"美女病毒"比起毒气和其它任何生化武器都更可怕！

　　美女居然成了一种病毒。却不要以为这种病毒只在西方传播，她们同样也攻击中国人。原湖南《娄底日报》的政法记者伍新勇，网罗当地欢场中有些姿色的小姐，组成一支类似"拉登美人"式的队伍，指使她们去跟当地的官员们做爱，然后带着留有这些官员精液的安全套找他领奖。根据官员的级别高低发给数额不等的奖金，俘获一名正处级干部可得100元，副处级80元，正科级50元，副科级30元。有的小姐一天可收入1000元，可见其效率之高。这些精液被伍新勇冷藏在冰箱里，随时用以要挟那些官员，迫使他们都成了他手中的工具。

　　SARS和禽流感之所以能造成世界性的恐慌，是因为病毒变异，使人难以辨认，摸不着抓不住，一时想不出对策。美女病毒的杀伤力也来自当代美女们的变异，令男人们死了还不知道自己是怎么死的。有的喝了一罐美女递给的饮料被麻翻，有的在做爱时或在睡梦中成了美女的刀下之鬼 …… 青岛一女士一口气扇了她丈夫300多个耳光，自己竟累得倒在地上。《北京娱乐信报》报道了复旦大学在读女博士生伍某，长期殴打中国社科院的博士后丈夫王某，除去咬、抓、掐之外，还动用过电蚊拍和菜刀……

变异是一种潮流，最典型的就是美国得克萨斯州32岁的漂亮空姐陶森，其嗜好亲眼目睹执行死刑，在过去的11年中，她跑遍美国各地亲眼见证了103次行刑，沉迷于享受这种毛骨悚然的快感之中，且毫不隐讳地说："当见到一个死囚坐在电椅上像一条鱼般被烧熟，或者被枪杀、被注射毒针处死，现场所看到的和听到的一切以及用鼻子嗅到的血腥气味，令我有充电般的感觉，精神为之一振。它比滑雪、跳伞和笨猪跳加起来的刺激度还要高，我无法摆脱这种魔力。"你看看，女人们，特别是美女们都是怎么了？

仇恨和报复成了她们的"常规武器"。然而，她们的仇恨和报复往往又以牺牲自己为前提。可见美女们并不像看上去那样能给自己和这个世界带来更多的幸运，甚至在婚姻和情感上也并不比常人更幸福。欧洲有两位数学家通过反复计算，制作了"根据以人们的择偶方式来衡量社会幸福程度的数学模型"，在最新一期的《新科学家》杂志上公布了他们的计算结果：在一个无时无地不受到美女图画和照片轰炸的社会中，造就了许多人不切实际的期望，这种不切实际的期望又造成了一个个不幸的现实 —— 美女只会破坏他人的幸福。而她们中只有很少几个美貌的人能找到自己理想的情人，大多都活得很不开心。

真是造化弄人，正应了佛家所言："生活的本质是命运，命运的本质是因果，因果的本质是觉悟，觉悟的本质是归依。"无论哪一种境界都不是单纯由相貌所能决定的。

燕子

今年春天，北方一家大型稀有金属公司发生了一件饶有兴味的事，被人们反复谈论。他们的洽谈室温暖而敞亮，多用来跟外国客商谈判。德国非西公司的鲁斯，今年是第二次坐到这间大房子里，讨论和签署明年的购货合同。双方是老客户、老熟人，却不知为什么今天的谈判很不顺畅，房间里非常安静，静得让人感到一种僵硬，气氛老是不能恢复过去的那种和谐和松弛，似乎有什么地方不对劲，大家都有点神不守舍 …… 毛病难道出在合同的条款上？不，新合同不过是依照往年的惯例，只在数量和价格上做了些调整，再说重要的细节都在电话和邮件中商量好了 …… 是什么地方出了纰漏呢？

忽然，双方同时喊出了两个字：燕子！对，洽谈室里的燕子哪儿去了？这间大房子顶部的窗帘盒里一直有燕子窝，"经冬好近深炉暖，何必千岩万水归"。今年初鲁斯来的时候，不只是今年初，去年、前年、大前年，凡是他坐在这个房间里，就立刻能听到燕子叽叽啾啾的鸣叫，有时他们谈得热闹，燕子在屋顶也叫得热闹，燕子叫得热闹，他们的兴致也好。

他们谈他们的，燕子忙燕子的，飞进飞出，竞夸轻俊，低飞不碰人，呢喃不避亲。久而久之，燕子便成了他们谈判不可或缺的参与者，他们也习惯了在燕子呢喃声中的那种愉快的交谈和合作。如今这间房子里这么冷清，鲁斯自然要问，是不是你们把燕子赶跑了？

稀有金属公司销售部的崔经理一个劲儿摆头：不，那怎么可能，燕子年年入户飞，向人无是亦无非，它是我们公司的吉祥物。你看，专为燕子留的小窗户一直开着，我们随时盼着它们回来。但燕子是一种灵物，它们去而不返肯定是有原因的……我担心它们对人类失去信任。

一谈起燕子，话题立刻热烈起来，双方交换着信息，发泄着大致相同的感慨：经历了许多教训，人们好不容易认识到应该把鸟类当作朋友，合作双方都盼着原来住在这个房间里的燕子，能早日回来，"还同旧侣至，来绕故巢飞"。

这里是它们最安全的家。

海怪——戴喜东

"辽精海怪，凤凰城大脑袋。"

——辽宁民谚

这首民谚似乎在辽宁流传有一个世纪了。其意是：辽阳人精，海城人怪，凤凰城的人脑袋大自然最聪明。令人不解的是它竟成了这些地方的一种宿命，"精"的总是精，"怪"的还在怪，"大脑袋"的仍然最聪明。在这三个地区里让我挑选采访对象，我最感兴趣的是海城——中国近30年来，连续发生过两次地震的地方只有海城，这够怪的吧？在中国近代史上，有位特立独行的海城人占有一席特殊的地位：他既是英雄又爱美人，口碑还挺好；既发动西安事变扣住蒋介石，又亲自送蒋回南京；他是现代世界上被关押时间最长的将领，又异乎寻常地长寿，把关押他的人都熬死了，他仍然硬硬朗朗地活着；带兵作战，杀人难免，最后却皈依基督……我想看看当今的海城人还能怪到哪里去？

不知是我的运气好，还是运气不好，1999年11月30日从天津乘船到大连，正准备登车赶往海城，传媒报道海城刚刚发生了5.6级地震！专程来大连接我的海城朋友问我还去不去，如果害怕可以住到鞍山。我怎能说出一个怕字！尽管心里有点嘀咕，也有些丧气：这地震莫不是冲着我来的？想提醒我，还是要阻拦我？顶着地震去总归不太吉利，我还等着跨世纪哪！虽然脑子里有这许多想法，嘴上却回答得很干脆：我是经历过唐山大地震的，难道还怕你们的"5.6"吗？

车进海城，仍能感受到几天前那场令关里人羡慕的大暴雪的气韵：四野一片洁白，天地清澈透亮。没有一丝地震的痕迹，更看不出震后的慌乱。进入"三鱼（泵业公司）王国"，简直称得上是一片喜气洋洋了……喜气是从两幢漂亮的住宅大楼里散发出来的，人们进进出出，兴奋而又忙碌，有人拉家带口一块来看新房，有人已经在往楼里搬运新家具，还有人正在装修新居，相互串门观摩，吸收别人家的装修设计优点或暗暗较劲要装修得比邻居更豪华——这是三鱼公司的职工公寓。即使把这样的楼放到北京、天津，也算是高档的。公司以每平米低于500元的成本价卖给职工，职工花四五万元就能买到一套上百平米的房子，就是这点钱，还可以向公司借，不要利息，一点点从工资中扣除。在房价高得吓人的今天，竟还有这么便宜的事！

——这里哪看得出是刚刚发生过地震呢？我来到了地震中心，对地震的那点惊惧感反而消失了。

三鱼公司的创始人戴喜东，把我接进他的办公室，我说："全国都知道你们这儿又发生了地震，可你们倒像没有这回事一样。"

戴喜东全不在意："现在不是30多年以前了，我的厂房、宿舍都是用钢筋水泥堆起来的，这点地震就像给我挠痒痒，怎还把它当回事？即便再有特大地震把房子震倒了，它也不会散架，人在里面保证没有事。"

刚一见面，正好借着谈地震让交谈自然流畅起来，我又问："60年代那次大震的时候你在哪儿？"

他看着我，嘴上在回答我的问题，心里好像在想别的事情："那年我还住在土垒的平房里，地震的时候就像坐在疯马拉的木轮车上，整个人被颠起老高，四周就像山崩地裂。闪电是弯角的，铁硬死拐，常常有两个闪电同时出现，尖端共咬着一个火球，如神话中的二龙戏珠。那时孩子都还小，我倒是越遇到事胆子越大，就大声叫喊着地震了、地震了，还让他们别慌，快点往外跑。我先把小女儿抱到房子外面，随后大女儿自己跑了出来，紧跟着妻子抱着小儿子也出来了，我二次进屋把母亲拉出来，赶紧反身进去再把棉被抱出来。一看房子还没倒，又跑回去把孩子们的衣服抢出来，不然震不死也会冻坏的……"

到海城来似乎就不能不谈地震，我一边听着他讲地震，一边打量他的办公室：房子很大，但满满当当，杂乱无章。墙角、墙边堆放着一摞摞一包包的古版线装书，摆在最浮头儿的有汲古阁的刻本，武英殿的版书，清朝第一版的《康熙字典》《石头记》。窗台上放满古里古怪的瓷器玉器。三面墙上都挂着古画，一幅挨一幅，有的一个钉子上挂了两三幅，一幅压一幅。地上还放着几个未打开的大包，里面也装满古玩。办公桌后面摆着两个直通到房顶的大书架，上面码满现代书籍，大致分四大类：经营管理、历史、人物传记、艺术鉴赏工具书。如：《文物精华大辞典》《现代美术全集》等。

这哪像是一个名牌企业的董事长兼总经理的办公室，更像个杂乱的博物馆仓库。我们正说着话，一个年轻的文物商走进来，手里拉着一个大箱子，肩上还背着个大包，打开来全是字画。戴喜东拿起放大镜开始鉴定这些字画，绝大多数都是假的，他有根有据地说出自己的理由，指出假在哪里。在这个过程中，文物商不时地从桌上抽出戴喜东的中华烟放在嘴上点着。这个年轻人是专门从丹东赶过来推销这些假字画的，戴喜东像检验产品质量一样，把假的剔除，凡是他想要的东西从不讨价还价，都是先让对方出价，然后在原价上再给加100元，最后又塞给小伙子200元的路费，还把那盒中华烟也递过去让他路上吸。原来他在低头验画的时候并没有忽略文物商人的烟瘾。

如果不是我亲眼所见，很难相信一位知名的企业家会对收藏古玩痴迷到这般程度。由此可见，现代海城人也的确是够怪的……戴喜东办公室里的这些古玩，还只是他全部收藏品的一个零头。他见我对他的爱好过于大惊小怪了，便领我走进一所废弃的旧中学，在十几个教室里都堆满他购买的古书、古字画以及瓷器和古家具。光是线装书就装满两间教室，仅油画就有1000多幅。

他之所以有这样的癖好，原因却很简单：当年爱读书的时候没有钱买书，发达以后便拼命买书，后来扩而大之又开始收藏各种古代文物……如今搞到这么大的规模，是不是怪得有点离奇了？我心里生出一个疑问，压了半天没有压住，还是捅了出来："你这不是有点玩物丧志吗？收藏古玩是无底洞，纵然你很有钱能经得住这样折腾吗？被折腾垮的企业我可是见得太多了……"

他大度地一笑："这没有多少钱，总共也不过200万，有不少是别人拿来抵账的，我真正花大钱的地方你还不知道呢。"

其实，我很快就知道了。当地人背后喜欢称他"圣人"，而有"圣人"的地方必有传说——我在采访中先听到了他砸饭盒的故事。

6年前他买下镇办电修厂、成立三鱼泵业公司的时候，曾搞了一次"砸饭盒运动"——饭盒，工人上班的必备之物，张大帅时代工人上班要夹个饭盒，日本鬼子来了工人仍然要带着饭盒上班，国民党当政更是不能没有饭盒，共产党让工人阶级当家做主了，上班还是少不了一个饭盒。家里做上顿得想着下顿，带到厂里却都成了陈饭剩菜。一人一个饭盒，到处乱放，各车间还都得安上大蒸锅以解决饭盒加热的问题……戴喜东下令，谁也不许带饭盒进厂，见一个砸一个，上班期间由公司管饭！听到这个决定，跟他贴近的人都吓了一大跳，立刻给他算了一笔账：公司里许多车间都是体力劳动，每个工人每顿饭不会少于6两米，1500人一天就净吃掉800多斤大米，相当于一亩高产田的产量，再加上肉呀菜呀，一年少说也得贴进去120多万元，对一个私人股份制企业来说，这可不是小数目！眼下的风气是打破大锅饭、铁饭碗，你怎么可以倒过来，砸烂小饭盒，重建大锅饭？戴喜东不为所动，他才是"三鱼"的主宰，有一种令人敬畏又使人平和的力量。他喜欢的格言是："先谋后事者昌，先事后谋者亡。"在砸饭盒之前他显然是仔细思虑过了，他经过思虑后决定的事不能更改。于是，"三鱼"的职工就这么日复一日、年复一年地吃下来了……

戴喜东小的时候，每天要起五更到邻村去上学，黑灯瞎火了才能赶回家。前几年他自己出资给家乡建了一座"弘义书院"。不久又出资600万元，给镇中学建了新大楼。海城有些参加过抗日战争和解放战争的老战士报销不了医药费，去年年底，戴喜东拿出几万元为这些老人报账。然后又花了十几万元资助一些老同志去旅游，临行前竟然还向老同志提出"四要一不"："要住好、吃好、玩好、休息好，不要光想着为我省钱。"三鱼公司的干部就更美了，国内玩遍了，就轮流出国旅游，每人还补贴300—500美元。1999年公司花200多万元为全体职工购买了人身养老保险……据说他还因处理得当和抢救及时，救活过四五个人的性命——这大概是他被称为"圣人"的主要原因。

一桩桩一件件，办的都是好事，却又有点奇特，难怪也有人把他当成"冤大头"。因为眼下抠门的人太多了，许多人连该花的钱都不想花，更别说不该花的钱了，几乎是一毛不拔。其实这并不是不可以理解，大家都是罗锅上山——前（钱）紧呢。许多人欠债都不还，逼急了就扔出一句混混儿的话："要钱没有，要命一条!"甚至有人对灾区也搞假支援，嘴上说是要支援灾区多少多少钱，还大张旗鼓地送去一张特大号的空头支票，登报纸，上电视，出尽风头，为自己大做广告，到时候那张支票却不能兑现，或者拿一堆积压的破烂产品抵账……像戴喜东这样为别人花钱如流水的人，当今生活中还有多少呢?他支援灾区很简单，就是给红十字会寄去20万元现金，不到电视晚会现场登台亮相，也不让公开自己的姓名。

说也怪，尽管他这么折腾，三鱼公司却越干越大，财源滚滚——这其中的奥妙比他大手大脚地花钱更让我感到惊奇。我端详这位60多岁的老人，无论怎样看都难把他跟他眼前的职务联系起来，他倒更像个方言矩行的道学先生——这样一个人又怎样把偌大的三鱼公司经营得这么好呢?

我请戴喜东带我下去看工厂——那才是制造和支持他这

个"圣人"的地方，他所有资本都来自工厂里的生产。要我相信种种关于他的传说，就得让我看到一个真实的不同凡响的企业。

工厂是崭新的，机器设备是新的，甚至连工人也大都是年轻人，给人一种新异的生气。每个车间都整洁有序，各道工序井井有条，"三鱼"明明是个创出了名气的老企业，怎么会给人以焕然一新的感觉呢？戴喜东告诉我，他重新为企业设计建造了厂房，刚刚更新了生产设备，所以像个新企业一样，工厂才是他的根本，既然他在别处都敢那么慷慨地花钱，在改造企业上就更不会心疼钱！最让我不可思议的是，这些新厂房包括刚刚落成的新办公楼，竟然都是他自己设计的 —— 根据需要和自己的心意画出图样，建成自己喜好的样子……这是个心智奇巧剔透的人，凡是需要的他自己就能干，似乎已经进入了一种从心所欲的境界：他有什么想法都可以变成真真切切的现实。

有个"工头"模样的人追上我们，向戴喜东汇报，新办公楼的顶部套灰粘不住，抹了三次掉了三次，施工队想先往上面喷一层胶，然后往胶上抹灰。戴喜东略一沉吟，断然否定了"工头"的建议："所有化学胶都有污染，其黏度也是有期限的，过不了几年就会爆皮、脱落，我们的房顶子还要不要？套灰粘不住是因为太干，你先往上喷水，把表皮喷湿后再抹灰。"

他容貌随和却不失威严，行动缓慢又充满自信。"一喷水就能粘住吗？"干了多半辈子泥瓦匠的"工头"半信半疑地走了。

我也有些疑惑，但没有作声，跟着戴喜东又走进铸造车间。车间主任向他反映，新冲天炉的铁水流不出来，他几乎不假思索地就下了指示："把炉膛加高，向炉口倾斜3度。"

我一直惦记着想知道他的这些主意灵不灵，在工厂转了大半天之后，回去时又绕到铸造车间，等了一会儿便看到了出炉，铁水被烧得红里泛白，溅着火花一泻而下，欢快顺畅，光芒刺眼。戴喜东不知是看出我对他在技术方面的权威性有怀疑，还是他也想知道自己的决定是否会奏效，领着我走进正在进行内部装修的新办公楼，顶部套灰的工序已经完成，"工头"欢欣鼓舞地迎过来："喷水的法儿还真灵……"

我不解，戴喜东怎么能对自己企业里的各个环节都无所不精呢？他原本只是个小学教员，1962年在举国度荒的中期得了肺结核，被学校辞退后给生产大队看水泵。几年后他成了当地知名的修水泵、修电机的专家，被四村八乡请来请去。人们先是称他为"能人"，当他把事业干大了并做了不少好事，就又被人们称为"圣人"，有些好事办得不被人理解，很容易又成了"怪人"——最后还是回到了一个"怪"字上。做人也是一种艺术，能达到"怪"也许是最高境界。

我们回到他办公室的时候已经是晚上了，他直奔自己的办公桌，桌上放着几张表格，他逐张看了一遍，嘴里轻声嘟囔："今天进账97万元，周转资金还有240万……"

"这么多啊，也就是说你一天就能成为一个百万富翁！"我也凑过去看那几张财务报表，这些表格也都是戴喜东自己设计的，将公司一天的生产、销售以及财务状况一目了然地都反映在上面。他抬头看着我说："这是最低的了，销售旺季每天可进账200多万元，公司每天的周转资金是300万，如果低于200万，警灯就会亮。"

我似乎对他有了一些新的认识：别看他被古版书和古字画包围着，买古玩、看古书、陪朋友参观聊天，在他脑子里真正惦记着的是公司的经营情况，一切都在他的掌握之中。我不由得脱口说道："你是外表大大咧咧，好像花的比挣的多，其实内存精明，心里有本大账。"

他调子很低："干企业不算账怎么行？我花得多是因为我觉得该花。一个人的资产超过1000万就是属于社会了，必须不断地回报社会。该我想的我尽量想周到，该我做的我尽量做周全，可你知道好心不得好报的古训吗？别误会，不是我自己希望得到什么报答……"

原来善门好开可不好闭，有些莫名其妙的人打着一些莫名其妙的借口来找他要钱，诸如什么反腐败基金、厂长经理读书会、计划生育周、世界卫生月……反腐败还要基金？厂长经理们能凑到一块去读书吗？中国一年之中有近400个节日，如果这个周那个月的都来找他要钱，打死他也应付不过来。给了张三，李四又会找上来，还有个完吗？有些不该给的钱如果给了，不仅无益反而有害。但有时他磨破了嘴皮子也不管用，万般无奈就只有耍肉头阵："我不是拿不出这笔钱，而是不能拿，你们如果实在不甘心就自己拿吧，看我这里什么东西值钱就拿走。要不就抢，反正从我嘴里不能说出那个给字。"

为此，他得罪的人也许比感谢他的人还要多些。

我问他，在海城像他这样的富翁多不多？他说资产高过他的至少有百家以上。我大为惊异："海城人到底是怪啊，还是富啊？"他解释说："海城人的怪跟富有关，海城人的富也跟怪有关，自古海城人的经济意识就很强，重商轻官，其他地方的人读书是为了做官，海城人读书是为了经商。所以清朝分配秀才指标的时候都格外卡海城，跟海城相同的地区可以得到25个秀才指标，海城却只能有8.5个。那个时候只有考取秀才，将来才有可能当官，当秀才是获取功名的第一步。也许正是由于朝廷在仕途上卡了海城人，才逼得海城人不得不在经商上寻求发展。你到沈阳、鞍山的大街上去看，穿戴时髦的年轻人往往是海城的，在高级服装市场门口的一辆辆奔驰车也大多是海城人的。"

如果富就叫怪，那谁不想怪呢？戴喜东并没有说清楚，海城人是因富才怪呢，还是因怪才富？

我倒是发现了戴喜东的另外一怪：时下富翁们都兴养狼狗，雇保镖，建高墙，拉铁网。戴喜东就在"三鱼"职工公寓的二号楼里买了一个门洞，一家大小都住在里面。无论早晚，他一个人出出进进的还从未碰上过想打他坏主意的人。看来"圣人"能辟邪，吉人自有天佑。

其实，光是对付社会上的要钱大军还不算难，眼下最让戴喜东头疼的还是自己企业里的"世纪病"——20世纪里最大的一种病就是平均主义，穷了要搞平均主义，富了也会滋生平均主义。他说："按目前的分配状况，公司里很快就造就出一批百万富翁，眼前他们每年的收入可达到15万至20万，即使是一个中层干部的年薪也有六七万元。来钱太容易，不明不白地发财，就会使私人企业得国营病，重新再吃大锅饭，体现在工作上就是等靠要，挑肥拣瘦，松懈懒散，敷衍塞责，糊弄老总。拿钱多的认为老子该得，拿钱少的心理不平衡。我可不想当什么'圣人'，也不是慈善家，我的责任就是让自己的企业不停地创造更高的效益。"

从交谈中我感觉到，戴喜东在酝酿着一场变革，想搞一次"凤凰涅槃"——借世纪交替之际，把不该带进下个世纪的坏毛病统统烧掉。同时也能从他的话语中深切感受到一个被称为"圣人"的成功者的孤独……无论是社会上还是企业中，人的关系永远是个变数。你给大家以很好的福利待遇，发很多的钱，或者让他人永无后顾之忧，却并不能让大家就永远地知足和保持积极上进的干劲，他是个60多岁的老人，不能不为企业的未来焦虑……

别人都以为戴喜东已经是一方名人，应该算活得很风光了。只有他自己心里最清楚，干企业并不是一件风光十足的事，它需要作出无数冒险甚至是看似荒谬的决定，既要决策跟企业生存跟自己的身家性命攸关的大事，又要处理太多细碎的琐事，而且老是寝食不安，很难有真正放松的时候，一步走错很可能就被竞争的激流所击败。这实在是一种劳心伤神的事，且具有让人一旦上瘾就难以自拔的诱惑。

所以，他要收藏线装书和古文物，享受一种与历史与文化的和谐，这是他生存的需要，是先天的人性所不能免的，借以中和自己的人格，协调自身的矛盾和痛苦。变换心境就是变换生命，沉浸在自己喜欢的故纸堆里，会有一种灵性的抒发，使心胸空蒙灵荡，清洗大脑中的沉积物，戴喜东说，真要能"玩物丧志"倒好啦，"玩物"的时候常常想的是企业，触发的是办企业的灵感。

他只有在谈到自己的收藏的时候，脸上才现出顺畅的线条，有了与年龄相符的安详和笑意。这时候我忽然觉得，戴喜东这个"老海城"其实并不古怪……

老警察

上个世纪六七十年代，城市里每个大一点的十字路口都设有岗楼，警察在外面站累了可以坐到岗楼里面靠高音喇叭指挥交通。当时我的工厂在北郊区，进城出城要经过金刚桥，桥的南端就是一个繁华的十字路口。那时北半个天津市的人差不多都知道金刚桥的警察有意思，我每次路过金刚桥，只要见到有热闹，一定会停车看上一会儿。

有一回，一个农民骑着一辆被称作"铁驴"的自行车进城，这种车是用水管子焊成，简单而笨重，没有挡泥板和前后闸，过了金刚桥下大坡的时候，那农民便伸出一只脚去蹭前轱辘，完全靠鞋底子和车带的摩擦减缓车速。不想他用力过猛，把鞋掌给蹭了下来。

大喇叭里立刻传出警察的喊声："哎，骑铁驴的那个，回来！"

老乡叽里咕噜地从铁驴上跳下来，艰难地将后架上驮着重物的铁驴推到路边，紧张地回头看岗楼，不知自己犯了什么过错。警察从岗楼里探出身子，用手指指路口中间的那块胶皮鞋掌："把你的闸皮捡起来！"

"哗"的一声，路边看热闹的人发出一阵哄笑。

那个年代，大家精神紧张，生活枯燥，几乎没有什么娱乐，偏偏又有的是时间，于是就经常站在路边看戏。警察就是马路上的导演，大街上有戏没戏就全看警察了。警察不苟言笑、严谨整肃不足为奇，能有幽默感就难能可贵了。所以"金刚桥的警察"名气很大，人缘也格外好。

有一次我还赶上了这样一个精彩的场面：一个花枝招展的女郎骑着一辆漂亮坤车，利用过桥下坡的冲力闯红灯，"金刚桥的老警察"在下面巡逻，岗楼里坐着一个年轻的新警察，他一着急说了一句天津话："这货！"

在天津，称一个人是"这货"，就是说她不是好货，是骚货，等于骂她。但他一着急忽略了眼前的大喇叭，这两个字通过扩音器传出来，再加上周围楼房的回音，满大街都在喊："这货！这货！"

时髦女郎哪受得了，在路口中间拐了个大弧便冲到岗楼底下，尖着嗓子吼道："你给我下来！你说，什么叫这货？在家里跟你姑跟你妈跟你奶奶也这么说话吗？"

好家伙，在那个年头，敢穿得如此花里胡哨的在大街上招摇，闯了红灯还敢这么横的，不是造反头头也跟造反头头有点关系。那个年轻的警察果然被镇住了，一时不知该如何应答。看热闹的人呼啦都围上来，越聚越多，跟着一块起哄："对，问问他什么叫这货！"

那女郎的气势也随之更张狂了，一定要逼着年轻的警察解释清楚什么叫"这货"！

"金刚桥的老警察"这时候不紧不慢地走过来，对那女郎说："你问什么叫'这祸'，是吗？让我来告诉你。"

女郎仍旧气势汹汹："你说，今天你不给我说清楚，我跟你们没完！"

老警察依然不紧不慢："自行车相撞，没有碰坏人，叫'小祸'；机动车相撞，人死车毁，叫'大祸'；你擅闯红灯，是险肇事故，就叫'这祸'！懂了吗？"

周围看热闹的人立即转变立场，又跟着哄那个女的："对，她就是这货！"

女郎被问得傻眼了，一时竟不知如何回嘴……老警察要过她的自行车钥匙，让她回单位开证明，并写出检查后再来取车。

警察成天在大街上待着，什么样的人都会碰上，就得要能应付各色各样的人，还要学会自己不生气。想不到二十多年后我也遭遇了一次警察的幽默。

有天清晨游泳回来，在一个天天经过的街口新竖起了一块不许左拐的牌子，我没有在意就拐了过去，随即被警察拦住。

他没有批评，也没有罚款，而是拿出一面脏兮兮的小白旗让我举着，等到再有拐错了弯的人，我把白旗交给他，自己才能走。

我问他："如果今天没有再拐错的人了，你难道让我在这儿打一天小白旗？"

他说："多受点教育有好处。"

我觉得对违反了交通规则的人该罚的就罚，该批评的就批评，让人在马路上举白旗近乎是一种精神污辱。便试着对警察也幽默一下："你这个白旗太脏了，像油条铺的幌子，能不能罚我带回去把它洗干净，明天早晨再给你送到这儿来。"

警察脸一变呵斥道："严肃点，这么大岁数了，别嘻嘻哈哈的！"就在这时候，有个倒霉蛋风驰电掣地朝着我们拐过来，警察伸手拦住了他，我则笑嘻嘻地将小白旗递了过去："老弟，有劳了。"

老而妖

我有一多年"泳友"—— 即经常一同骑车去游泳的朋友。他50多岁，肝火旺，怪话多，牢骚很盛。按现代医学观点，看上去不大正常，到医院又查不出病，那就是进入了更年期。每天早晨我们都会看到两三拨儿在花园或路边晨练的老太太，有的还要涂脂抹粉，穿红挂绿，手持彩绸或花朵，随着音乐扭腰摆臀，手之舞之足之蹈之。

对此，我那位正处于更年期的泳友自然是很看不上眼：你看，你看，这些老妖婆！这能叫晨练吗？招摇过市，俗不可耐，简直是有伤风化，污染城市。

我笑着逗他说：不是正因为老太太们扭得好看你才扭头看的吗？不然你骑车不好好地往前看，老往旁边的女人堆里瞧什么？这说明老太太们化妆化对了，提高了回头率。

他梗梗着脑袋，半天才想出了词儿：你知道现在有一种城市病叫视觉污染症吗？就因为令人生厌的视觉环境造成的。建筑不美，市容肮脏，杂乱无章的路标、广告，横七竖八的管道和各种线路，还有人们不文雅的装束和行为……让人产生刺目感、疲劳感，严重了可诱发精神和心血管病。

两个人天天在一起要骑上一段路，没有新鲜话好说是很沉闷的，好不容易有这样一个话题可以争论，我就引经据典、连蒙带唬地跟他争上了：古人说老要俏，妖也是一种俏，妖冶、妖艳、妖媚、妖娆……全都是好词儿。曹植的诗里有这样的句子，"美女妖且闲，采桑歧路间"。古人形容女人美会常用这样的话，"妖冶娴都""说不尽万种妖娆，画不出千般冶艳"。毛泽东也写过江山分外妖娆……你竟然骂人家老妖婆。妖而成婆就为精，那可是一种具有超自然的怪异本领的精灵。如果真像蒲松龄那样有个妖精迷上了你，或你迷上了一个妖精，那是多大的福气啊！

他斜眼瞄瞄我，扔出两个字：穷嚼！

我换了语气：好，现在说真格的。你说现代人是不是比过去的人漂亮了？就因为打扮得妖了。现在的哪个歌星、影星不妖？哪一场演出不妖？你一肚子看不惯是因为妒忌，现在小的可以疯，可以妖。老的也可以疯，可以妖。唯独中年人，压力最大，顾虑最多，枯燥乏味，活得最累，就像你现在的样子。50多岁厌倦世界，到了60多岁就开始被世界厌倦，能活动就多活动，不久会永远地躺下。能说话就多说，不久就会永远地闭上嘴。有句话说得非常好：老了，再一次成为小孩。所不同的是，小孩有人哄，老小孩没有人哄，要自己哄着自己开心。所以，要抓紧时间妖起来，跳起来，扭起来。至于别人，愿意看就看，不愿看拉倒。你所说的那个视觉污染症患者，都是因为视觉太好，太贼，不光乱看，看后还乱想，比如阁下你……

他低着头骑车，好像是没词儿了。

我的谈兴却刚上来：去年年底，美国的《人物》杂志和奥地利的《新闻》杂志联合在全世界评选世纪美人。你猜最终获得第一名的是谁？是65岁的意大利影星索菲亚·罗兰，把那些二三十岁的好莱坞艳星以及长期被人们捧为世界大美女的名模辛迪·克劳馥远远地抛在了后边。你敢说人家是老妖精？人家还就真的妖得成了精！眼下是个老龄化的社会，老龄化的一个特点就是老人多，三四十岁就落伍，就退休，也算是老了，往后还有一大半时间，不妖一点怎么熬得到头啊？

我还告诉你，现在不光女人妖，连男人也妖。最近一期的《报刊文摘》上有篇文章：《上海男人也"扮嫩"》。文章里说：这些年总是领导社会新潮流的上海，男人过了30岁突然打扮光鲜起来，精心修剪出一个时尚有型的发式，头发上还一定要有保湿的摩丝，穿一身永不落伍的服装款式，一张口说话总是要满嘴新鲜词汇并时而吐出几句外语……妖不妖？我这样一说你身上是不是就起了鸡皮疙瘩？可是这样的男人吃香，好找工作，更容易被提升，往往事业有成。你说这是为什么？

他看着我，正想说什么，游泳馆到了：游完泳再告诉你……

三年一梦

"无产阶级文化大革命"已经过去快半个世纪了，人们还记得他吗？

记忆同健忘一样总是有选择的。被人忘记，不正是他近几年来所追求的结果吗？他好像成功了。或许是因为历史原本健忘。

历史果真如此健忘未必是好事，一个丧失了记忆的民族也就失去了过去和未来。或许是因为他当初身居要职时谨小慎微得过分，不显山不露水，虽掌管着全国的工业和交通 —— 国民经济建设中举足轻重的两大块，却从未轰轰烈烈过，从来不是风云人物，人们对他的记忆本来就不够深刻。

他可以安安静静过普通人的生活了。

在我们这个视政治为生命、注重政治履历的国家里，他曾经染了那么一水，可算是断送了自己的政治生涯，还是成就了自己的政治生命？他还能成为真正的普通人吗？

我一直在打听他的消息。

1987年年初，天津机械厂召开表彰大会。厂部给为数不多的几个厂级先进人物准备的奖品是纯羊毛毯。当厂长念到孙健的名字时，他脑袋"轰"的一下……

20年，转了一圈儿又回来了，跟过去的生活接上了茬儿。当年他曾经多少次上台发言，接受奖状，厂级的、局级的、市级的，先进生产者、红旗突击手、劳动标兵，他获得的荣誉可不少。而如今天机厂的群众又连续3年都选他当先进，但最高只能当到厂级的。厂长们不敢把他的先进事迹往上面报，怕给他帮倒忙，弄巧成拙地被市里批驳，甚至惹出麻烦。而只要不出厂门口，就由天机厂的职工和领导说了算。尽管孙健是位奉公守法的公民，是天机厂的中层干部（技术改造办公室副主任，主任由厂级领导挂名，他抓全面工作），经过党员登记他仍是中共正式党员。但他毕竟是从国务院副总理的位置上走到天机厂来的，这一变动是非比寻常的，不能以实心实意的公事公办去触动政治上的敏感部位。

大礼堂里响起《运动员进行曲》，先进人物该上台领奖了，孙健却犹豫着。前两年发奖都是"蔫捅"——即偷着把奖品塞给他，没有这么张扬，如今人们讲究的是实惠而不是形式。他对走上台去，有种莫名的不安，怕工人笑话，怕被人议论和指指戳戳。可如果不走上台去，又没有正当的公开拒绝领奖的理由，那叫给脸不要脸，反会让领导下不来台，也会遭别人多心、疑心、议论纷纷……

事后他对我描述当时是怎样下的决心："这时候我是谁？是老百姓。我就应该拿自己当个普通的老百姓、一个普通的干部。不应该把别人以为你是什么样子，应该是什么样子，曾经是什么样子当成你自己。这么一想就硬起了头皮，上！"

当他从厂长手里接过奖品的时候，工人们为他鼓掌了好长一阵子，其热烈程度在工厂的大会上很少见。有人还站起来喊："应该！"

"孙头儿，你这个先进名副其实！"

他又站在台上了，又面对着热情的群众，他没说一句话，笑得像哭。毛毯很暖和，把他的前胸焐热了。他超越了自身的限度，向世界重新证实了他的存在。

人民的记忆就是历史。原来群众一直在关注着他。

1985年年初，上面来了精神，孙健可以当个中层干部。厂长把被称为"天机厂重点的重点、天机厂的未来和希望"的那个工程交给了孙健，投资4000万元，全部引进德国设备，两年后成批生产摩托车发动机。

孙健要求他的办公室成员每天提前10分钟上班，晚10分钟下班，任劳任怨，干实事，讲效率。他自己每天则提前半小时进厂，打水扫地。紧张时他就吃住在厂里。在中国办事之难尽人皆有体会，何况是办一件大事！孙健丢掉所有的心理负担，以一个兢兢业业的业务员的姿态重新打入社会。每天脚不识闲，上至市政府、各部委、区局等大机关，下至厂矿、街道、个体商贩、农村包工队。用技改办公室干部田大凯的话说："孙主任不愧见过大世面，到哪儿去都不怵阵。"

上级机关里有不少孙健过去的上级、下级和熟人，他忘记了过去，以新的最基层办事员的面目出现，反而受到了大家的欢迎。因为谁也不会忘记他曾经是本市管工业的书记，曾经是国务院副总理。是中国人同情弱者的善良天性使然，还是由于欣赏他重新投入生活的勇气？大家都尽力帮助他解决问题。因为人们见惯了能上不能下的干部，他们下来以后不论是出于骄傲，出于不满抑或是出于自卑，反正是放不下架子或整个人彻底散了架，再也不会开辟新的生活领域了。就如同人已经死了，活着的只是他的影子，充其量是个"会走路的骨灰盒"。

孙健则相反，处处证明他还活着，有生气。

孙健的妻子摔断了腿，家里无人照顾，吃饭的时候他赶回家做饭，服侍妻子吃完饭，再骑车赶回工厂，该干什么还去干什么。他的风格是中国式的，有传统的毅力，具有献身精神，谨慎细致，不爱激动，不说走板过头的话。不管多累多急多气，从来没有跟人红过脸、吵过架，他好像死过一回，活转来变成了一个宽容的更热爱生活的人，连他的声音甚至都不带性格特征。每月的奖金发下来他绝对搞平均主义，全室每人一份，数目也一样多。同事的家里有病人，他定去看望，年轻人的爱人生孩子，他会送去小米，大家都觉得很奇怪——当过大官的孙健为什么没有娇惯坏自己的脾气和身体？

工作又苦又累，他根本不觉得苦，反而觉得比过去轻闲多了。

其实，他一直在第一线，从没有松过套。当天津市委工业书记的时候，他跑下去看过近600个企业，是第一线的书记。进京后第一次参加国务院会议，周恩来总理给副总理们分工时说："孙健最年轻（当时他39岁），多到下面跑跑，花3年时间掌握情况，便于今后工作。"他仍然是第一线的副总理。

现在，孙健用了一年多的时间，盖起了近两万平方米的三层楼主厂房，并安装好全部设备，天津机械厂又一项拿人的产品——摩托车发动机正式投入生产。

机械局基建处的同志讲："这个大楼有一半是孙健的。"

我闻讯找到天机厂，孙健却调走了。现在是中国机械工业安装总公司天津开发区公司的"经营经理"，多么时髦的头衔儿。每月工资升到97元，他当副总理的时候月工资才62元，由于单身在京每天补助伙食费9角。1985年之后他连跳三级，才调到了97元。不过，现在这97元也许还不如过去那62元禁花。

我打听到了他家的地址，在一个炎热的下午拜访了他。那是一大片地震前盖的老楼群，我找到了七十七号，向站在楼洞口的一位老太太打听孙健住在几楼，老太太尚未开口，一楼的一个房门开了，是孙健听到声音迎了出来。

我吃了一惊，不是惊奇他有什么变化，而是惊奇他没有变化，与十几年前我第一次见到他时几乎没有什么两样。皮肤黝黑，没有褶子，身材不高，微胖，或者说还称不上胖，仍旧看上去很结实，且行动利索，有股沉稳的力道。

生活中悖逆层出，为什么没有给他留下痕迹？至少外表是如此，我真没有想到。正巧他的妻子庞秀婷也公休在家，怀里抱着才刚出生几个月的孙子。我开玩笑说："添丁进口，你好福气。"

这位红旗垫圈厂的工人显出一副老实厚道的气质，却也不无得意："大女儿生了个小子，大儿子也得了个小子。"

"你们不是还有个孩子吗？"

"二小子刚上大学二年级。"

"行啊，你们算熬出来了！"

"大女儿高中毕业就参加工作了，大小子大专毕业，二小子上的是本科。"

我咂摸这话的意味，子女的"步步高"是不是说明这个家庭的政治、经济情况正在好转？

他们住着一个偏单元，阴面儿的小房间10平方米左右，搭着一张大床，有几件旧式家具。阳面儿的大房间有14平方米，收拾得完全像个简单的小会议室。除了墙角的两个小书架（里面放着马恩列斯毛刘周朱等经典著作和二十四史）和另一角上的冰箱，其余的家具就全是沙发，一对三人大沙发，一对单人沙发。沙发上罩着套子，扶手和靠背处在套子外面又垫了毛巾，用大号别针固定在套子上。由此也可看出这个家庭的勤俭和风格。屋里很整洁，水泥地面擦得一尘不染。

我问孙健："你难道还经常在家里召开会议吗？"

他说："我自己家的人口就不少，到我家里来的人更多，特别是家乡的亲戚朋友，来天津旅游、订货送货、做买卖，不愿住旅馆，都是在我家里安营扎寨。白天，这间屋里可以吃饭待客，晚上打开沙发是两张大床。"

他们夫妇都是河北定兴县人，乡里乡亲自然少不了。另一位国务院副总理陈永贵，不是也曾经常为家乡的"旅游团"找旅馆、租车、买票，成了昔阳县和大寨的农民驻北京的办事员吗？他说："我没有什么太大的本事，几十年来就混下了一个好人缘儿。"

这是一句实在话。

孙健于1951年来天津内燃机厂学翻砂，以后成了一名地道的铸工。他当过生产组长、班长、车间主任、团委副书记、保卫科长、党委书记，几乎在所有的台阶上都站过。从副总理的位子上跌下来以后，他要求回内燃机厂，市里管分配的同志却叫他去天津机械厂，这个厂对他不熟悉，估计麻烦会少一点，但仍然有些不放心，曾问过他："内燃机厂的人会不会到天机厂贴你的大字报？"

"不会。"

"你这么肯定?"

现在,他只要走进内燃机厂,没有3个小时出不来,工人们都愿跟他说几句话,但从不问他到底犯了什么错误,他也从不讲过去的事情。只有一个工人实在忍不住了,问过他国宴上有几道菜。

刚到天津机械厂的时候,他去趟厕所,工人们也在背后议论:"孙健,别看当过副总理,大小便去公共厕所,不去党委的厕所。"

他每天从家里带一盒饭,早晨吃掉这盒饭的三分之一,中午吃掉另外的三分之二。有时在厂里吃午饭,总是排队买一碗豆腐脑、四两大饼或四两馒头,一共花不了两角钱。工人们问他:"你怎么老吃这个?"

他回答得很坦然:"这对我的胃口,也符合我的经济条件。"

他去起重设备厂买吊车,厂长正在接待外国客户,听说孙健来了,叫供销科把他扣住,非要请他吃饭。这位厂长过去在机械局生产处工作,有一次到市里开一个长会,散了会已是晚上8点多钟了,大雨如注,他和另外两名基层干部饿着肚子在门洞里等待雨停。孙健出来撞见,让司机先送他们三个回去,自己等在宾馆的门洞里。小事一桩,孙健记不得了,别人却记得很牢。

此类事情还有不少,他倒霉以后开始收到回报。

他刚回到天津，市里要召开一个小范围的批判会，参加会的人都是区局以上的领导干部。机械局的党委书记尹敢坐在第一排，此人曾是孙健的老上级，也是我的短篇小说《机电局长的一天》的人物原型，以后又变成了孙健的下级。见到他走上被批判台，立刻站起来，伸出手问："老孙，身体怎么样？"

"挺好，谢谢！"这件事该轮上孙健要记一辈子了。那是什么时候，什么气氛，台上坐着市里领导干部，可谓众目睽睽。尹敢正应该跟自己划清界限，他却跟自己握手打招呼……

孙健见到我，无论是他，还是我，都无法不谈过去。说来荒诞，促使我们相识的竟是江青。

当时我是天津重型机器厂锻压车间的负责人，我的车间里有一台自己制造的6000吨水压机，是那个时候天津机械工业的"代表作"，国内外的重要人物到天津来都要去视察一番。有一天厂部通知我，江青要来视察，全厂进入一级战备。

全车间700多人停产打扫卫生，给道路两旁的杨树刷上白粉，新修一个高级的厕所。当时不知为什么，老把江青跟厕所联系起来，接待江青必须要有个好厕所。车间的厕所，老天哪，不习惯车间生活的人是难以忍受的……厂部还把招待食堂装饰一新，改做接待室，找来全厂会念诗、会唱歌唱戏的人。准备得太周到了，到时候江青点什么就得有什么。

晚上也不许我回家，住在车间里随时等候命令，这样一闹心里就更紧张了，唯恐哪儿没想到，临时出事……这样的"大事故"以前并不是没有出过：副总理李先念夫妇来的时候，由于事先没向工人交代好，大家一窝蜂围过来，使来视察的人变成了被参观的对象。西哈努克来的时候刮大风，车间顶上的窗户没关好，玻璃摔碎，如万箭齐下，险些没把亲王的脑袋给开了。另一位副总理纪登奎陪着另一个国家元首的时候，正干着半截活儿的天车的链条突然断了……

几天后市委工业书记孙健来检查接待准备情况，我们自然就认识了。其实我早就知道一点关于他的情况：他在内燃机厂当铸工时连续7年不回家，父亲和妻子儿女都在农村，住一间土改时分的破房，冬天透风，夏天漏雨。父亲病重，妻子上侍候老，下照顾小，还要下地挣工分，积劳成疾，身体也很虚弱，以后他被提拔到机械局当负责生产的革委会副主任，局里派人到他的老家调查，调查者简直不敢相信自己的眼睛，孙健在天津好赖也算个人物，想不到家里如此艰难，回到局里向领导汇报："只有孙健才能忍受这种困境，再不解决就要给社会主义抹黑了。"

机械局出面把他的家属调到天津，安排妻子庞秀婷当了工人。孙健当市委书记，她是工人。孙健当副总理，她还当她的工人。孙健倒台了，她仍旧是工人。

那个时候我之所以记住了孙健这个名字，是因为他讲稿的题目吸引了我：《朝着共产主义大目标，两步并做一步跑》。他是全市"活学活用毛主席著作积极分子"，他的学习体会是登了报纸的，当然也是由别人代笔的。

孙健通知我们，第二天上午9点钟江青来车间视察。厂党委书记跟我约定，江青一进厂门口就从传达室给我打电话，我便指挥工人出炉锻造。75吨的大钢锭在炉里烧了好多天，就等着表演给江青看。

第二天早晨7点钟，全厂就从一级战备进入临战状态。那个时候"全民皆兵"，我们厂的民兵有师、团、营、连、排的建制，大家喜欢用军事术语赶时髦。我的车间共有4个大门，8点30分，厂保卫部下令，只留一个正门开着，将其他没有接待任务的大门全部上锁，不许工人出入，免得围观江青。

然后就是静静地等着，9点，10点，11点，12点……

全厂像傻老婆等痴汉子，心在嗓子眼儿提溜了4个小时，还没见江青的影儿，也没有得到市里的任何消息。解除警报吧，怕她会突然大驾光临，打个措手不及。不解除警报吧，这样傻等下去也不是办法。我先悄悄叫人给车间各门开锁，先让工人去食堂吃饭。大家在心里埋怨孙健，怀疑是他故弄玄虚把我们给要了。

下午3点钟，孙健风风火火地又来了，说江青一会儿就到。对上午江青为什么没有来，他没有一句解释的话，我怀疑连他也未必就知道其中的真正原因。也许是江青故意虚晃一枪，不让别人掌握她的行踪，现在说的"一会儿"就真能到吗？"一会儿"是多长时间？大家嘴上不说，心里已经懈怠了，不再像上午那样紧张。

孙健像个高级通讯员，给我们送完信儿又急急忙忙走了，他还要把相同的内容通知另一个工厂，江青视察完我们厂还要去发电设备厂视察。看来受折腾的不只我们一家。工人们说，孙健是给江青蹚道的，如果有地雷、有刺客，替江青先死。他也够辛苦的，身为工业书记，不是陪着江青视察参观，而是像个小跑腿儿一样地蹿来蹿去，工人干部终归要受气。

连"一会儿"都不到，突然又来了两卡车解放军，进厂后跳下汽车急速散开，把住了大门口、各个路口和通向我们锻压车间的大道。看来人家对早就站在那里的警察并不信任。

这回要动真格的了，我让工人们各就各位，该轮上我们上场了。

庞大的车队出现了，威风八面，其气势压过了以前所有到我们厂来过的领导者。他们下车后，工人们看见江青的随员里有许多熟脸的人物，文艺界的，体育界的……党委书记请江青先进接待室，书记要亲自向她汇报全厂的工作情况。接待室里有吃的、喝的，集中了全厂的尖子人物。江青刚迈进去一只脚，看见里面红红绿绿的气氛，立刻抽腿转身，嘴里嚷着：

"我要看工人，看你们那个大机器！"

大概市里头头在她面前把6000吨水压机狠命吹了一通，让她只记住了那个"大机器"。计划全打乱了，参观队伍浩浩荡荡地奔我的车间而来。天车钳着通红的大钢锭，在水压机的重锤下像揉面团一样……我相信，无论是什么人在这种气势面前也会被震慑。

车间里一片通红，参观者站得远远的，就这样身上所有暴露的地方还会被烤得生疼。

党委书记把我介绍给江青，让我汇报车间和6000吨水压机的生产情况。我只讲了几句就觉得不对头，她眼睛盯住你，似乎听得很专心，其实根本就没有听进去，或者听不懂、没兴趣。不知她心里在想什么，有自己固定的思路，你正讲到半截儿，一件事还没有说完，她突然插上一句别的与此不相关的什么话，提一些让你哭笑不得的问题。跟她讲机器，讲生产，简直是白费劲。我改变策略，用最简短的有兴味的介绍，引导她去多看几个地方。

6000吨水压机只是车间的一个工段，另外还有2500吨水压机、锻工、热处理、粗加工等4个工段。让她看我们不是目的，让我的工人们看她才是目的。特别是跟在江青后面的那几位明星，平时老百姓花钱也看不上。为了接待他们，全车间忙乎了一个星期，他们来了以后工人们还要坚守岗位，摆出一副大干苦干的样子，不准走动，不许围观。我再不把江青领到工人面前，让大伙瞧上她两眼，将来群众会埋怨我的。最要命的是看守高级厕所的两个女工，保卫科还特意关照她们，寸步不得离开，这有关江青的安全。

工人中喜欢恶作剧的坏小子不少，他们挖空心思想钻到高级厕所里去排泄一番。"江青的厕所"——这太有诱惑力了，想体验一下排泄时的痛快程度有何不同。两个女工要挡住这些人、保护好厕所可不容易，当江青来方便时还要服务周到，男警卫进不来，江青的安全也由她们负责。江青走后还得拆掉马桶，搬走瓷盆，恢复生产调度室的原面目。这段时间她们忙得够呛，现在看江青并无去厕所的意思，当她准备撤退的时候，我让人赶紧通知两个守厕所的女工，警报解除，快出来看看她们准备服务的对象。

我把江青送到车间门口，江青问身边的人："还要去哪里？"

被江青改过名字的市委第一书记答话："按计划您不是还要去视察发电设备厂吗？他们都准备好了……"

江青打断了他的话："不看了，不看了，我累了，我要回家。"

车队一溜烟儿地开回宾馆了。不知有没有人通知发电设备厂和孙健？他们还在那儿傻等着呢！我却松了一口气，总算应付过去了，没出大乱子。今天晚上可以回家好好睡个美觉了，没想到快下班的时候孙健又来了，提出要给江青送礼，让我用不锈钢打了两块键，处理后用刨床刨光，上面刻上字：一块送给江青，一块送给毛主席。

两块键做好后，放在一个极精致的呢绒盒子里，周围再放上两种不同的铁刨花。忙乎完又到下半夜了，孙健就一直坐在车间里等着……

——这就是我跟他结识的过程。

但，孙健跟江青的关系却并没有到此为止。他被选拔为国务院副总理进京后，一直没有见到江青，在一次讨论经济形势的政治局扩大会议上，常务副总理把他介绍给江青。江青说："我认识他，他不认识我了！"

孙健紧张了，急忙解释："您工作很忙，我不敢去打搅。"

"活该！"江青气呼呼地说了一句让他摸不着头脑的话。

当时的孙健可有点慌神儿，"活该"是什么意思？是说她自己工作很忙活该呢，还是咒骂他不敢去看她是活该？不管是什么意思他必须都得去看望一下江青了。

让秘书联系了几次，终于得到允许，到钓鱼台去了一次，回来时拿着一个江青送的桃子，并恭恭敬敬地将桃子放在办公桌上。别看就是一个简简单单、普普通通的桃子，却不敢把它的意义理解简单了。什么意味深长呀，虽是一个桃却重如千斤呀……两天后桃子开始糜烂，他感到不好办，便把秘书边少林找来："首长送的桃，烂了怎么办？"

"这桃又不是金的、银的，细菌钻进去能不烂吗？"

边少林原是天重厂的年轻工人，也曾管我喊过几天师傅，跟我学过怎样给厂部写报告，跟孙健的关系比较随便。他们至今还是经常联系的朋友。

孙健担心的是让桃子烂掉容易被人误解成对江青的不尊敬，甚至惹出不必要的麻烦。吃掉它似乎也不是好办法，但比扔掉要好。他对小边说："要不，你把它吃了吧。"

"首长送给您的，还是您自己吃吧。"

第二天那个桃子就不见了，不知是吃了，还是扔了。孙健没说，别人也不好问。

我问孙健："你是怎么被相中当了副总理的呢？"

他说："我也不知道。经过的手续是这样的：先是政治局研究，报毛主席批准，再交十届三中全会讨论通过。在第四届全国人民代表大会上，由周恩来总理提名被选为副总理。"

"手续齐备。可当时我听到一种说法，在中央的领导群中上海人太多，为了便于协调和平衡需要在天津选一个副总理。"

"不知道。"

一问三不知。他不是有意守口如瓶，确实说不清楚。那个时代的主要特征就是莫名其妙和让你一言难尽。工人们开玩笑说，他上去得糊涂，下来得也糊涂。

他自己却说："糊涂到家就是明白。我一直都是夹着尾巴做人，从不搞特殊。钓鱼、打猎、玩玩闹闹的事更从不沾边儿。无论到哪里去从来不要开道，自知是小马拉大车，水平不够……"

他愿意干实事，能长期忍耐。他手下的秘书和那几个工作人员对他的感情也是复杂的：一方面觉得他是好人，没有架子；同时又觉得跟着他倒霉。别人的首长有许多丰富美妙的活动，最诱人的就是可以调来内部电影观看，还有出国的机会，或搞得到各种各样的好东西。这些好事都没有孙健的份儿，他似乎摸不着大门，即使想看电影也不知到哪儿调去。

孙健打发那点少得可怜的业余时间，是动员工作人员种白菜，种大葱，他亲自做示范：怎样培土、浇水，施什么肥，间隔多大为宜。工作人员当面不会顶撞他，背后却骂他是"老土"。

同是副总理的谷牧曾问过他："怎么还不把家属接来？"

孙健说："你这当师傅的还不知道有这么一条规矩吗？学徒期间不许带家属。"

他把自己当成一个真正的学徒工，但心情并不像说的这么轻松。他必须严格自我控制，谨小慎微，忍受意想不到的困难和微妙复杂的斗争。在老百姓眼里他身居高位，其实他并不掌握政治漩涡深处的底蕴，他从来不敢春风得意，靠的是身上那股坚韧的气质。他当市委书记不久就患上了失眠症，升为副总理后愈发严重了，紧张时整夜清醒。是一种糊涂的清醒。

"四人帮"垮台后他又干了两年，1978年夏天他正在外地检查工作，接到电话，通知他停职检查。他的世界也因此开始缩小，才40多岁的他却只能是属于过去了。

世界多变，难有永恒，他要求回天津。他还能选择，就不算很不幸。幸好他还没有染上骄傲的恶习，虽然要为那3年的副总理生活付出昂贵的代价，但他相信自己的风格和人品并未受到政治与权力的严重毒害。

他主宰不了自己的命运，能为自己的灵魂当一半家就很不错了。

孙健回到天津要隔离审查，但允许他妻子庞秀婷来见他一面。他对自己善良、温顺、胆小的妻子讲了三条："一、我不会自杀，我对自己心里有底。二、相信现在的政策。三、你从来都是我的靠山，这次更得依靠你，别人说我什么也别当真，带着孩子好好过日子。"

任何职务都是暂时的，家庭是永久的。

孙健从来不给人以强者的印象。他的性格是顺从自然，默默地接受和理解命运。凡是发生的就应该发生，有些事情不能细究，不必非问出个为什么。知道太多太细不仅没意思，反而会被污染。过去对别人也许有趣，对他可是有趣到没有趣的地步了。相信物质不灭吧，事情糟透了就会开始变好。

他一走进天津机械厂，就闻到了那种熟悉的生命的气味，浓烈刺鼻的机油香、铁腥味和烟火热气。生命原是要不断受伤，不断复原，不断地创造，不断地被创造。世界上没有永恒的东西，烦恼和痛苦也是如此。因为生活不会停顿，很快又吸引了他的心灵。严重的失眠症在被监督劳动中一下子好了，不要说晚上睡得踏实而深沉，就是中午，饭碗一放，或躺或坐，不消

10秒钟就能入睡。年轻人在旁边甩扑克、聊大天，丝毫不影响他的鼾声。

有人说打呼噜是男人的歌，这歌声表明孙健渐渐恢复了内心的宁静和饱满，作为一个正常人的力量又开始复苏、生长、壮大。至于他的智慧更不会衰老，而且恢复力惊人。必须行动起来，只有行动才能培养起对自己的信心，才能真正地投入生活。没有行动的人是"彻底完蛋"了。

孙健用行动证明自己又属于这个世界了，而且他的世界在不断扩大。这位循规蹈矩的前副总理结交三教九流，拉买卖，签协议，为了在商品经济的竞争中做优胜者，甚至学会了送礼，小到烟酒，大至毛毯（又是毛毯，不知是天津毛毯出名，还是天津气候寒冷，人们喜欢毛毯）。孙健眼下所在的"天津开发区公司"，年产值指标是60万元，仅他揽来的一项工程就可完成200万元。他的上司刘总经理说："老孙一来我们这里就活了！"

我真诚地祝他好运。

死刑犯

还记得2001年4月21日上午，中央电视台用3个多小时的时间直播重庆、常德两处法庭对"杀人狂魔"张君的公开审判，中间还插播了侦破此案的一些重要细节。节目制作得比同类题材的电视剧还要精彩。法庭最后宣判了对14个人的死刑，让亿万百姓亲身感受到了什么叫"官法如炉"。张君等人的小命要回炉再造了！

但，以后执行死刑的过程，不知为什么没有播报。他们的罪恶以及这桩系列抢劫杀人大案，只有在他们的死刑得到执行后才算画上句号。人们目睹了他们杀人，也应该见证他们的死刑，才能更深刻地体会法律的尊严 —— 这是一种没有感情的智慧。古人讲"刑，百姓之命"，"刑生力，力生强，强生威，威生惠，惠又生于力。"法律的程序越是为民众所熟知，就越有约束力。

几乎就在这前后，在太平洋的另一侧美国，要对

6年前制造了168人死亡、500多人受伤的俄克拉何马大爆炸的凶犯蒂莫西·麦克维执行死刑。按以往惯例，美国只能允许有30多个人目睹死刑执行的全过程，且不准携带任何拍摄器材。此次死刑却破例进行电视直播，声称"可以畅通无阻地满足人们对此次死刑执行过程的参与欲望，让美国观众乃至全球观众都能看到这一档极其精彩和令人亢奋的节目"。如果有人不满足于从电视上目击死刑执行过程，还可以到现场亲眼目睹。一时间，成千上万的记者、观看者和示威者云集死刑执行地特雷霍特市，各路商家也大肆炒作，把死刑的执行视作捞钱的好机会。当地假日酒店的227个房间早已预订一空，其他的宾馆、饭店也全部爆满……过去只是一个小镇的特雷霍特，一下子变得比过节还热闹，财源滚滚。

人们为什么会对观看执行死刑有这么大的兴趣呢？这让我想起前不久亲眼见识的死刑执行过程，现在把它写出来，请读者诸君看看它真的是那么有意思吗？今年3月初，我应外地朋友之邀参与策划一部公安题材的作品，获准去看"毙人"。上午8点钟，法院一上班我们便跟着警车去看守所提犯人。犯人有两名，都是小个子，且都很年轻。一个姓沈，只有24岁，面目粗邪，几个月前他为一户人家装修新房，主家对装修质量不满意，从应付的装修费中扣下1000元，并叫他返修某个地方。他心中有气，带着一把菜刀来到主家，见只有年轻的女主人在，就将其打昏，正欲强奸的时候，那女子又醒转过来，沈某便挥刀将其砍死。另一个姓刘，21岁，面目还有几分清俊，看上去不像个杀人犯，可他杀人的时候却不眨眼。有一天他碰到个外地人问路，脑袋一热（或者叫一混）认为那人身上有钱，就掏出刀子把对方给捅死了。最后从死者身上只搜出了1000多元钱。

两个案情就是这么简单，杀人动机和杀人手段也可以说是极其愚蠢和残忍。警察将他们的手铐、脚镣打开，换上法院的手铐、脚镣。因为看守所死刑犯的手铐、脚镣用螺丝拧得很紧，开启不容易。而法院的手铐、脚镣是可以用钥匙打开的，等一下验明正身和押赴刑场的时候，拆卸起来方便。沈、刘二人知道自己的死期已到，却显不出有什么恐惧、沮丧或失态之相，偶尔还和警察搭讪两句闲话。法院的人和看守所的人在一个大本子上办理了交接手续，这应该就是他们的"生死簿"，名字从这个本子上一勾掉，就算是从人间彻底消失了！

他们被押上警车，一步步地向死亡靠近。看守所在城市的西部，法院则在城市的东部，警车要横穿大半个城市，又正值交通最拥挤的时候，警笛发出刺耳的尖响，长鸣不止……权当是拉着两个就要执行死刑的人游街示众。车队回到法院就立即开庭，庭长宣布了法律对沈、刘二人的最后裁决，并下达了执行死刑的命令。法警将他们押到法庭外面的回廊里坐下，问他们有什么遗嘱。刘某低声嘟囔了几句，法警一一记录下来。沈某则没有什么可说的，却向法警要烟抽，法警把一支香烟放进他的嘴里，并为他点着火。等他们说完了想说的话，吸完了在世间的最后一支香烟，法警便打开他们的手铐，改用细麻绳，把他们的双手背到后面和脖子捆在一起 —— 这就是人们见惯了的"五花大绑"。人被这样一绑，就露出了死相，脑袋只能低着，如果在行刑的时候想叫喊，法警一拉麻绳他们就得闭嘴。法警一边捆还一边问他们："行吗？紧不紧？"他们顺从地配合着，好像怎么摆弄都行，已经没有当初行凶杀人时的煞气了，一副大大咧咧、听天由命的样子。但不再说话，脸上的神情也略显沉滞。

过去有些犯人，一听到下达执行死刑的命令，有的瘫软，有的立刻"瞳仁转背"双目失明，还有的故意喊唱一两句，以壮胆或表示自己不怕死。故意装出不怕死，恰恰表明还是怕死。而现在的死囚，大都像沈、刘这样持一种无所谓的麻木态度，死就死，活就活，活得愚蠢，死得糊涂，视生命如儿戏。我以为这才是最可怕的，正因为对死无知，所以才会乱杀人，最终导致自己被杀……真应该让更多的人观看死刑执行过程，接受关于死亡的教育。不重视死，又焉能珍惜生？

警笛重新响起，共有9辆车，一个不算小的车队送他们上路了。我有些感动，不管怎样他们也是两条生命，法律能用这样的阵势为他们送行，也算对得起他们曾经到这个世界上走了一遭。一路上所有的行人和车辆都为这个车队让路，大家似乎知道这个车队要去干什么。警车在前面引导着出了市，一直跑到远郊，七拐八绕地驶上一条坎坎坷坷的土道，碾起了扑天的黄尘。车队最后停在一块荒草地上，这里荒僻有余，却实在没有想象中的刑场气氛。法警跟我解释说："咱们不像美国，美国哪儿执行死刑，哪儿就热闹，就发财。咱们的人认为毙人的地方晦气，谁也不愿意让刑场靠近自己，就只好先在这个地方凑合着。"我有些惋惜，不知是为法律，还是为这两个即将要告别现实世界的人。这么齐备威严的死刑执行仪式，最后竟结束在这样一个偏僻荒芜的地方。

沈、刘从警车里被拉出来了，警察让他们在荒地上面南跪下——犯了罪的人都得要跪着迎接死，是被强迫作最后的谢罪吗？我发现在刘某的后背左侧画着一个白色的圆圈儿，而沈某的后背上则没有。法院的院长告诉我："白圈是医生画的，那是心脏的位置，便于行刑者瞄准。因为他不是汉民，枪决时要打心脏，然后还要把他的尸体交还给他的家人，按着他们民族的习俗去安葬。"这时我很想看看两名死囚的脸，却不可能了，因为不能站到他们的前面去。两名法警端着步枪在他们的后面站好，旁边一声令下，枪响了。

沈某一声未吭就斜着扑倒在地，子弹从他的后脑打进去，嘴变成一个血窟窿，鲜血汩汩而出，在干草地上画出一道暗红，正好和他的尸体组成一个不规则的"人"字。刘某由于是打心脏，虽然身子也向前扑了下去，但并没有死，还在抽搐、扭动。一法警持手枪又朝他的心脏补了一枪，这下他不仅没有死，反倒发出了一种呻吟声！这种哼哼唧唧的呻吟声，始终是一个节奏，没有起伏，呆板而刺耳，简直不像是从生命体里发出的声音，令人毛骨悚然！

刑场上鸦雀无声，大家默默地等了一会儿，大概都没有想到刘某的心脏会有这般强劲的生命力。他仍在一声接一声地哼哼，为了尽快结束他的痛苦，法警又用步枪对准他的后脑补了一下，只见他身子一颤，地上冒起一股白烟，便不再动，也不再出声。两条邪恶的生命才算真正结束！我说不清当时心里是什么感觉，怪怪的极不舒服。提前做好了会呕吐的准备，却并没有呕吐。也许还有些惋惜，却不一定是为这两个人，而是为人的生命，就这么简单地从人间消亡了？沈的死尸被送往火化场，刘的死尸被送到大路边交给他的家属，大家也都各乘自己的车散去，继续自己的生活。

文怀沙与林北丽

91岁高龄的林北丽先生重病在床，自知来日无多。但病痛折磨，生不如死，便向文怀沙索要悼诗，以求解除病痛，安然西去。80多年前，作为小姑娘的林北丽，曾在西湖边不慎落水，少年文怀沙冒死救她出水。那是"救生"，救她不死。今日却要"救死"，救度她轻盈驾鹤，死而无痛。知生知死，死生大矣。刘禹锡说"救生最大"。今日文怀沙，救死亦不凡！

能否救得，还需把话题拉开，交代一下他们的生死之缘。1907年，国贼猖獗，局势险恶，"鉴湖女侠"秋瑾托付盟姐徐自华：倘有不测，希望能埋骨西泠。不想一语成谶，女侠就义后，徐自华多经周折，才按烈士遗愿将墓造好。并在苏、白两堤间，傍秋墓为秋侠建祠，取名"秋社"。1919年，年方9岁的文怀沙，随母亲来到杭州，拜母亲的好友徐自华为师，在"秋社"里学习经史子集、吟诗作赋。

不久，徐自华的小妹徐蕴华，带着女儿林隐由崇德老家来杭州，也住进"秋社"。用柳亚子的话说是"天上降下个林妹妹"。林隐10岁便有诗："溪冻冰凝水不流，又携琴剑赴杭州。慈亲多病侬年幼，风雪漫天懒上舟。"文怀沙称其是由诗人父母"嘎嘎独造的小才女……"由此，文、林两人开始结缘。后来日本侵华，徐自华去世，大家为躲避战乱，各自西东，一时间文怀沙便跟"秋社"的小伙伴以及诸多亲友都失去了联系。直到1943年，正在四川教书的文怀沙，从南社领袖、国民党元老柳亚子写给他的信中得知，曾轰轰烈烈嫁给林庚白、并用自己柔美的右臂为丈夫挡过子弹的林北丽，竟是他儿时的小伙伴林隐……

这就又引出一个不能不提的人物——林庚白。其字"众难"，自号"摩登和尚"。依此也可窥视其不同一般的风流才情。高阳曾这样描述他："宽额尖下巴，鼻子很高，皮肤白皙，很有点欧洲人的味道。"辛亥革命后林庚白被推举为众议院议员，帮助孙中山召开"非常国会"，领导护法。后因军阀破坏，孙中山愤而辞职，林也随之引退，重操老本行：研究欧美文学和中国古诗词。他本就擅长写诗填词，曾放狂言："十年前，郑孝胥今人第一，余居第二。若近数年，则尚论今古之诗，当推余第一，杜甫第二，孝胥不足道矣！"最为人津津乐道的是他精于命相学，曾出版相学专著《人鉴》。当时许多名流要人都请他算命，轶闻很多。如徐志摩乘机遇难、汪精卫一过60岁便难逃大厄等等，如同神算。当时上流圈里流传一句话："党国要员的命，都握在林庚白、汪公纪（另一位算命大师）二人手中！"

他自然也要反复推算自己的命造，且不隐瞒，公开对友人说他的命中一吉一凶：吉者是必能娶得一位才貌双全的年轻妻子。此后不久，果与年龄小他20岁的林北丽因诗结缘，成为一对烽火鸳鸯。娇妻系同乡老友林景行的女儿，两人气质相投、词曲唱和，取室名"丽白楼"。可以想见，他们的闺中之乐甚于画眉。而他命里的一凶，则是活不过50岁。因此重庆的几次大轰炸，都让他十分紧张。1941年初秋，他发现了一线生机，到南方或可逃过劫数。于是携妻南避香港。不想日军偷袭珍珠港，战火烧到香港。同年12月19日傍晚，日寇的子弹穿过林北丽的右臂，射中林庚白的心脏，年仅45岁的诗人竟真的倒下了。丈夫下葬时林北丽写了一首祭诗："一束鲜花供冷泉，吊君转羡得安眠。中原北去征人远，何日重来扫墓田。"

此后她辗转又回到重庆。文怀沙知道了这些情况，便立刻赶去重庆看望她，两人相聚一个月，分别时文怀沙留诗一首："离绪满怀诗满楼，巴中夜夜计归舟。群星疑是伊人泪，散作江南点点愁。"新中国成立后，林北丽出任中国科学院上海分院图书馆馆长，编纂校订了与丈夫合著的《丽白楼遗集》23卷。1997年，文怀沙从北京南下上海，为林氏一门三诗人的合集《林景行、徐蕴华、林丽白诗文集》作序。文、林两位白发堆雪的老人再次聚首，细述沧桑。

时隔11年，文老先生突然接到林北丽老人从医院的病床上打来电话，要求在还活着的时候见到他为自己写的悼词……
这样一位才女，已经活成了一部传奇，死也必定不俗。所幸知
心赖有文怀沙，这恰好也可成全文公的智慧和才情。心悲易感
激，俯仰泪满襟。接近百岁的文公，焦肺枯肝，抽肠裂膈，却
压抑着自己的悲怅，寻找着能说透生死的方式。对林北丽这样
的奇女子，已经透彻地理解了生的意义，她不会惧怕死亡，只
惧怕平淡无奇地死去。因此靠哄劝没有意义，他的悼诗不是救
她不死，而是送她死而不痛，护卫着她的芳魂含笑九泉。这比
"把死人说活"还难！文公长歌当哭，当夜一挥而就：

老我以生，息我以死

生不足喜，死不足悲

不必躲避躲不开的事物

用欢快的情怀，迎接新生和消逝

对于生命来说，死亡是个陈旧的游戏

对个体而言，却是十分新鲜的事……

生命不能拒绝痛苦

甚至是用痛苦来证明

死亡具备治疗所有痛苦的伟大品质

请你在彼岸等我，我们将会见到生活中一切忘不

了的人……

一百年才三万六千五百天，你我都活过了

三万天，辛苦了，也该休息了

结束这荒诞的"有限"

开始走向神奇的"无限"

我不会死皮赖脸地老是贪生怕死

别忘了，用欢笑迎接我与你们的重逢

……

文怀沙经历百年沧桑，参透了生死，其情其诗还愁不能慰藉一个智慧而美丽的灵魂吗？一个月后，林北丽老人怀抱文怀沙的悼词，安然谢世。

赵浩生

在美国康州的纽海文市，意外地遇到了赵浩生老先生。美国人讨厌一个"老"字，不喜欢被人称为"赵老""董老"……或别的什么老，宁愿被直呼其名，或简化为"老赵""老董"。好像把"老"字放在前面比放到后面要显得年轻许多。赵浩生，我估算其年龄当在"七老八十"之间，按中国人的习惯实在是不敢不尊称一个"老"字了。但老先生的记忆力之好，思维之敏捷，谈吐之诙谐，令人绝倒。

他住着一栋漂亮的大房子，后面是一溜敞亮的大窗户，和邻居的房子中间是一片草坪，周遭有树林。赵先生说："这草坪是两家的，但我们不在中间竖篱笆，他看就都是他的，我看就都是我的。常有成群的野鹿和野鸡光顾这里，它们站在我的后窗户跟前向里面扒头探脑。这里的野物不是怕我看它们，而是它们想看看我长得什么样，对我进行骚扰……"他的谈话天上地下，从古到今，东西南北中，纵横捭阖，妙趣横生。根据眼前一张与张学良的合影照片，赵浩生又谈到了这位"少帅"当年的轶事。当年广西大学校长马君武曾写诗嘲讽他在战乱中太过多情："赵四风流朱五狂，惟有胡蝶正当行。美人关前英雄冢，七万东师下沈阳。"

作为回应，张学良也作诗自嘲："自古英雄皆好色，好色未必是英雄，我非英雄也好色，好色我堪称英雄。"多么坦率，几乎可以说坦率得可爱了。但也唯有张将军才有这样坦率的资格。据说西安事变后有人问周恩来，张学良为什么那么傻，非要送蒋介石回南京？周恩来感慨系之地说了一句令人深长思之的话："张将军看京剧看得太多了！"在轻松的谈笑中赵先生能很快让人喜欢上他。我一向认为，从心里喜欢上一个老人、被其魅力所征服，比尊敬和钦佩一个老人更难。

老先生的家就是一个小联合国：他是美籍华人，夫人是日本人，儿子惠程耶鲁大学毕业后到泰国工作，娶了个菲律宾姑娘做妻子，在泰国生了个具有中、日、菲三国血统的儿子。女儿惠纯在纽约大学任教，用英语写作，去年出版了长篇小说《猴王》，颇受注意……更不知未来的夫婿会选哪一个国家的人。他介绍自己人生的多种色彩和多重身份时说："有人称我是中国的儿子，日本的女婿，美国的公民。"

先讲他的"中国情绪"，每年至少回中国3次，近22年来已经回去76次了，在北京饭店住了12年，在王府饭店住了9年。他从中国回美国叫"出国"，从美国去中国叫"回国"。他这样描述自己每月的生存状态："第一个星期闹时差反应；第二个星期向夫人报账，把在中国乘出租车的烂票子交上去；第三个星期坐立不安；第四个星期买票回国。"他回国后必不可少的一种享受，是每天清晨早早地起来去寻找北京老戏迷的胡琴声 —— 在王府饭店对面的路口、天坛的长廊下和筒子河的路边，常有一群老头儿扯开嗓门在过戏瘾。由于只有一把胡琴，老戏迷们不得不排队等候，轮流着一段一段地清唱。赵浩生也不例外，想过戏瘾也得排着，唯其这样排半天队方能轮上唱两口，才更觉着有味儿。老戏迷们记不住他的大名，也不知道他是从美国来的，只称呼他为"赵大爷"。这位"赵大爷"个头不高，气色不错，留着灰白的小平头，一嘴京腔，张口爱逗乐儿，人缘儿挺好……

赵浩生自称有"三乐"：唱戏、教书和采访。老先生曾是耶鲁大学的教授，退休后担任了米勒公司的高级顾问 —— 米勒公司的董事长米勒，被尊为美国企业界的领袖，卡特任总统时期曾担任财政部长。时间长了赵浩生觉得老给别人当顾问是嘴把式，光说不练。1992年，便联络一位朋友，投资北京一家乡镇企业，办起了一个工业公司，赵浩生自任董事长。不能只是站在路边清唱，他要真正登台演练一番。他说，我跟中国的联系不只是血缘关系，而是生活、山河、岁月交织起来的全部人生。我是外籍，可不是外人，最大的心愿就是为中国做点什么……但他又调侃自己对于工业是外行，是个不懂事的董事长。企业干成功了，就写一本书，叫《钢铁是怎样炼成的》。失败了也要写一本书，叫《钢铁是怎样炼不成的》。运作至今，老先生声称钢铁还在炼着，只是相当困难，总算知道锅是铁打的了！

那一年，作为"日本的姑爷"，赵老盛情难却地答应了日本银行公会的邀请去讲课，日方还希望他能讲讲亚洲金融风暴和中国的经济现状。我随口问了一句："能给日本的金融家上课，你的日语想必是讲得非常之好。"他说："马马虎虎，我的日语水平就是能够骗来一个日本姑娘当老婆。"

待到讲课日期临近了，他忽然又觉得心里没有底，赶紧给当时的国务院总理朱镕基写信，要求回答一些问题，紧急补充金融知识。朱总理让中国人民银行的行长戴相龙约见老先生，回答他提出的所有问题，帮着他剖析当今世界的金融形势……其后他在日本的讲演大获成功，这是自然而然的了。这就有点"无冕之王"的气势了，敢于向大人物提出自己的要求，而大人物们竟都不拒绝他的要求。我在他的书房里看见两幅照片，一幅是他和江泽民交谈的照片，旁边放着江泽民送给他的礼物。另一幅是他采访李登辉的照片，旁边放着李登辉送给他的纪念品。我说，在您这间房子里，国共再一次合作，祖国实现统一了！

于是，他讲了数次去台湾采访高层人物的故事……1966年，赵浩生以专栏作家的身份到台湾采访，夜里12点钟的时候，当时的新闻局长沈剑虹通知他，第二天上午蒋介石要见他，这是一般礼节性的会见，不过几分钟的事情。第二天在走进总统会客厅的时候，赵浩生对陪同的沈剑虹说："我恐怕要向蒋总统提几个问题。"沈剑虹断然拒绝："不行，你要想提问题必须提前书面呈报。"赵浩生说："我试试，总统回答我就提，不回答就算。"

沈剑虹变色："那也不行！"这时候副官唱名："赵浩生教授到。"蒋介石走了出来，与赵浩生握手，然后在靠背椅上坐下，开始客套性地询问，诸如：什么时候来的？看了些什么？赵浩生一一作答。蒋介石又问："有什么意见？"赵说："有。"沈剑虹十分紧张。赵浩生却只管说下去："我是教书的，这次来看到全台实行九年制义务教育很好，我很有兴趣，想采访这方面的情况，请总统发话给我方便。"

原来，蒋介石非常重视教育，九年制义务教育正是他亲自倡导的，他一谈就谈了半个多小时。回美国后赵浩生在"海外观察"的专栏里发表了一系列有关亚洲的政治经济、各种人物以及山水风貌的文章，海外报刊纷纷转载，唯独台湾的报刊一篇都不采用。原因是赵浩生在文章里说了一些诸如"蒋介石的头发比过去白了"之类的话，被视为不敬。那个年代描写蒋介石和毛泽东都有专门用语，形容毛泽东必须是"红光满面，神采奕奕"，描写蒋介石得是"戎装佩剑，两目炯炯"。

我问赵先生："在您采访过的人中谁给您的印象最深刻？"他说："周恩来。世界上有两个政治家最了解新闻的价值，最善于发挥新闻的功能，跟新闻记者的关系最好，一位是罗斯福，一位就是周恩来。我第一次采访他是1946年，我是第一次见到一位中国的新闻人物在中外记者招待会上用中文发言，由翻译龚澎再把他的话译成英文。他挥洒自如，谈笑风生，有一种难以抵挡的人格魅力，这也是我第一次在外国人面前感到作为中国人的骄傲。"

赵浩生这大半生可谓丰富多彩，硕果累累。早年做过重庆《中央日报》和上海《东南日报》的记者，1948年被派驻日本。新中国成立后他给当时的新闻局长胡乔木写信，要求回国，但迟迟得不到答复，这当中朝鲜战争爆发了，他想回国已经回不去了，就转到美国读书，毕业后又教书……我读过一篇文章，记得上面说他还上过黄埔军校，便请教老先生是否真有此事。赵浩生笑着又讲了一段趣事：1992年，他第三次去台湾，采访素来不喜欢新闻记者、又最不好说话的"行政院长"郝柏村。赵浩生自报的头衔是教授，一见面就对郝柏村说："郝院长，咱们两个是同学，你是我的学长。"

郝柏村奇怪："这怎么可能？我是当兵的，你是教书的。"

"是的，你是黄埔十二期，我是黄埔十四期。"

"你怎么改行了?"

"我刚入黄埔时,基本训练受不了,就跑了。"

郝柏村哈哈大笑:"你原来是个逃兵啊!"

赵浩生:"这不向你自首来了吗?"气氛顿时活跃了,他接着说:"郝院长,我要报告你一个好消息,你的老家江苏(郝柏村是江苏盐城人),年产值已超过上海。"

郝柏村也点头:"好啊,很好。"

"这是你们老乡(指江泽民)的功劳。"

在随后的采访中,郝柏村谈得很多。赵浩生天马行空,几近人生的化境 —— 这大概才算得上是潇洒。

白霞与莫里斯

幽静的剑桥，城市以大学成名，大学就是一座城市，城市就是一所大学。2001年5月19日，可称得上是这座著名大学城的一个特别的节日。此时，剑桥的名人英秀聚集于已有400多年历史的三一学院大教堂，还有从美国、中国香港、欧洲等世界各地专程赶来的近300名来宾。人文繁华，声采灿然，等待着参加詹姆斯·莫里斯（Jame.A.Mirrlees）和白霞（Patricia Wilson）的结婚典礼。

——这对新人可称得上是朋友遍天下了。婚礼有了国际色彩，不可谓不盛大。但不是随便什么剑桥人结婚都可以使用这座大教堂的。皆因新郎莫里斯教授，是三一学院的资深院士、英国财政部政策最优委员会委员、英国皇家经济学会会长、英国科学院院士，同时还是美国艺术与科学院院士、国际计量经济学会会长，是1996年的诺贝尔经济学奖得主，被英国女王赐封为爵士。这样一个人物的结婚大典，自然就使整个剑桥都有了一种节日的氛围。尽管新郎名高位重，可来参加婚礼的大多数外国或外地来宾却大都是新娘的朋友，是冲着白霞来的，其中有不少中国学者。

话得从1981年说起，由当时的中国文化部副部长英若诚主婚，似乎是杨宪益、戴乃迭夫妇证婚，在北京首都剧场也曾为白霞主办过一次盛大的"艺术婚礼"。导演凌子风给白霞穿上了电影《骆驼祥子》里虎妞结婚时的那身行头，插花戴朵，红布蒙头，身上撒满五彩花瓣。新郎是在中国工作的德国人，长袍马褂，披红挂彩，按着北京传统的礼俗当躬则躬，当跪则跪。剧场内笑语喧哗，鼓乐悠扬，如同在进行着一场别开生面的演出。首都文化界的诸多名人和北京人艺的艺术家们，怀着一种友好的谐谑之情，参加了这一对"洋新人"的婚礼，一时曾传为佳话。她是苏格兰人，少年时期曾随着家人到澳大利亚生活过许多年，后来搬到伦敦，几年以后又返回苏格兰，这给她的印象非常深刻：活着就是移动，到处都可为家。白霞从苏格兰最好的大学 —— 爱丁堡大学毕业后，到非洲工作了8年，并由此对世界上另一块古老而神秘的土地 —— 中国，开始心向往之。在非洲工作期满后，经戴乃迭先生推荐，便应聘成了中国"文化大革命"之后的第一批外国专家中的一员。

我认识她是在1979年，我的一篇小说引起了大范围的争论，白霞却组织人将它翻译成英文，并在英文版的《中国文学》上发表。受她的影响，法文版、日文版也相继问世，我自然是心存感激。在北京的一次活动上见到了她，想不到她竟是那么的年轻，一头金发，留着个普通中国妇女的发式，脸像婴儿一样细白、润泽，身材苗条、柔软，待人自然、热情。她用开玩笑的口吻请我放心，说英语世界大概是不会对我搞大规模的批判。几年后她又主编了我的英文小说集，我们也就成了朋友。

但，她在结婚后的第二年就离婚了。原因是曾参加过他们婚礼的一位中国电影界的名人，后来将一名中国女演员介绍认识了白霞的丈夫，不想这名女演员和白霞的丈夫相爱了，白霞便主动撤出。为此，中国文艺界的有些朋友总觉得对不住白霞。等我再去北京看她，她已经有了一个刚会走路的儿子，取名：罗瑞。白霞非常直率地问我能不能陪着她的儿子玩一会儿，她担心只跟着母亲而没有父亲的孩子在心理发育上会出偏差。因此利用男性朋友去看她的机会，让罗瑞多接触成年男人。我无法拒绝一个母亲的这个请求，以后每次去看她，谈完正事后就带着她的儿子在北京友谊宾馆的花园里折腾几个小时。后来还接他们母子到天津的少年活动中心来玩儿过 …… 中国人形容白霞这样的境况爱用一句话："既当娘又当爹。"

在中国工作了12年，白霞回到英国，成为剑桥大学剑桥管理学院的一名研究员，认识了莫里斯，正巧他也是苏格兰人，父亲是银行职员，他以第一名的成绩毕业于爱丁堡大学数学系。后来考入牛津大学，改学经济学，并获得经济学博士。32岁时成了牛津最年轻的经济学教授，以后牛津又给了他许多重要的职位。他在牛津一直任教28年，到1993年，跟他感情甚笃并共同生活了33年的妻子突然病逝，爱成唏嘘，情何以堪，他经常睹物伤情。友人劝他，生命的意义很丰富，不可死认一条道。为了转换生活环境，他于1995年离开牛津，来到剑桥大学任教。同年，白霞也来到剑桥，但两个人并不相识。

1996年他获得诺贝尔奖，白霞根本不重视，她自己的事还忙不过来哪，连莫里斯的名字都不知道 —— 这就是白霞的性格。但，她的朋友遍天下，她可以不知道莫里斯，时间长了莫里斯要想不知道她，可就难了。1997年，白霞在香港中文大学的一位朋友要来剑桥，这个人以前曾是莫里斯教过的博士生，请她帮助联系自己的老师，希望一聚。白霞便按朋友提供的电子信箱给莫里斯发了一封电子邮件，没有收到回音，只好亲自到三一学院去找他。于是两个人便认识了，并且知道了还是老乡。但他不记得接到过白霞的电子邮件，这让白霞耿耿于怀，一直记到现在。因为白霞是个有着超常记忆力的精怪，她答应的事、她做过的事和准备做的事，是绝不会记错的。

莫里斯渐渐知道了白霞的能量，中国文化部副部长来剑桥，也是通过白霞宴请了二十几个名教授。香港富翁李嘉诚支持的一个基金会，每年要挑4个剑桥的名教授到中国讲演。这是对中国有好处的事，自然少不了白霞，她无偿地出任顾问，协助工作。1999年，这个基金会第一个选中的人就是莫里斯，他也很高兴。两个人一块坐火车去伦敦，在路上白霞想刁难他，问他："你真的值诺贝尔奖吗？"他立刻汗下来了，不知如何作答，一路都局促不安，算是领教了这位女老乡的厉害。她完全坦率，完全自然，在他的生活圈子里真还没有碰上过这样一个女子。但跟着她到了中国，他更深切地体会到她的另一种厉害，精细周到，上下皆通，到哪里都有她的熟人，每个环节都安排得井井有条，非常得体。他深受感动，回到剑桥后便请她吃饭，以示感谢。

通过这段时间的接触，白霞也觉得莫里斯其实很有趣，在许多问题上他们都不会争吵，比如对中国的认识 —— 这很重要，她在关于中国的问题上容易敏感，也容易极端。他随和，热情，还很风趣。虽然他的风趣后面有更多严肃的东西，不过是一种优雅的幽默。在她的印象里，他毕竟像变了一个人。剑桥管理学院的同事们也很好奇，向她打听莫里斯是怎样一个人。白霞回答说："他就是那种女人喜欢嫁的男人，十足的绅士，风度无可挑剔，有很强的意志，价值观坚定，严肃，可靠，又不沉闷，知道怎么使生活有趣。但不浪漫，我对他没有兴趣。他虽然有热情，却不是个可以在一起玩儿的人。"

此后，每逢学校里有活动，他们都能见面，一起吃饭，说说笑话，都觉得很开心，却没有罗曼蒂克。那一年的11月，在欢迎一位外国名人的宴会之后，莫里斯突然对白霞发出邀请，希望能在圣诞节之前两人再见一次面。白霞答应了。12月4日，莫里斯请白霞吃晚饭，这一顿饭吃下来，一切都变了，两个人的关系发生了质的变化，白霞觉得自己爱上了他。可她并不为此高兴，自己本来是有准备不想爱上任何人的，等儿子长大后还要再回到中国去。再说离婚17年来她没有让任何一个男人碰过自己，心里对再一次走进婚姻没有把握。

转过年来的2月，白霞的母亲去世了，莫里斯陪她回苏格兰，一直到参加完葬礼。回来后便向她求婚，还郑重其事地写了封求婚的信。因为她一直在埋怨他没有回复她的电子邮件，他便用写信的方式求婚。这的确打动了白霞，她无法拒绝。也许这就是命运的安排，她生活中一扇重要的门已经关上了，那就是对母亲的责任，多年来都是她在照顾老人的生活。但是，她生活中又有一扇门打开了，无论是情感还是理智都要求她不要把已经打开的这扇门再关上。

她只向他提了一个问题："你为什么要选择我？"莫里斯没有想到求婚还要考试，想用一句玩笑话搪塞："这个问题极具挑战性，我需要坐到电脑前认真求证……"白霞没有笑，认真地在等他继续说下去，而且眼光湛湛，毫无畏惧地在他脸上搜寻着自己的希望。他只有严肃地整理自己的感情，并尽量准确地表达出来，让目光凝注着她："你是很特殊的，带给我一种很鲜活的感觉，或者叫快乐。我用了一年多的时间才认识到你的价值，不想错过你……"平常平整和很有风度的头发搞乱，挓挲开来。他一下子显得更潇洒自然，神采飞扬，越发地年轻有活力了。他们相视大笑，然后紧紧相拥。生命有年龄，爱没有年龄，爱情也是可以多次重复的。而且爱得越有个性，这种爱就越有生命力。他们都曾经失去过，目前的生活也不完整，正因为此，才有希冀，才有追求。

64岁的莫里斯，身材颀长，才气内敛，穿一身浅灰色的礼服，左胸别着一朵白色玫瑰。端重沉实，坚稳自信，有一种难以名状的气度风韵，令人称羡。白霞也已50岁出头，她谢绝了蓬松拖地的婚纱，身着一袭白色衣裙，显得清丽典雅，仪态高贵。平时是那么活泼讥诮的她，此时略显拘谨——恐怕没有哪个女人，踏上结婚的红地毯会不紧张！婚礼在庄重的圣歌中开始，"圣哉，圣哉，圣哉！慈悲与全能，荣耀与赞美，归三一妙身……"随后是诵经、交换戒指、新人宣誓……白霞语调轻细，一种发自女性的温柔和信任，却立刻在极为安静的大教堂里弥漫开来。

圣歌再一次响起："新郎新妇，今日成婚，同宣海誓，共证山盟。终身偕老，喜乐充盈……"最后，婚礼在祈祷声中结束。新郎、新娘先退场，站到教堂外面的草地上，准备和所有来参加婚礼的人握手或拥抱，以表达谢意。来宾在草地上排起了长队，像等待着首长接见一样，他们两个站在草地中央，一次只能接见一个或两个人，其他人要等在十步以外。大家都很有风度，很有耐性，这种仪式本身就又增加了婚礼的神秘感。我当时有一种感觉，在这样的教堂里按照这样的仪式结婚，若是新郎新娘太年轻了，恐怕压不住阵脚。

第三辑

桃花水

午后，在黄土高原特有的蓝天骄阳下，面包车沿着五百里无定河岸缓缓爬行。深陷于巨壑、断涧之中的无定河，在广漠的峁塬上兜兜转转，时而河面被冰雪覆盖，时而满河冰凌……不知从哪儿开始，无定河悄然跃升到地面，没有陡峭危深的河岸，也没有细润漫平的河滩，一片大水就在道边，浮浮漾漾，缓缓而下。深冬季节竟没有一丝冰凌，也算是奇观。

有人一声惊呼，面包车上的人都掉头窗外，诧异、赞叹、大呼小叫，要求停车，亲近一下无定河。这时车内响起一声尽量压低音量的断喝："安静！先别下车！"发声者竟然是平时极少说话，经常用相机挡住眼睛和嘴巴的祝教授。大家顺着他的镜头望去，在面包车的右前方，确有一幅奇异的画面：

在大道与高塬之间有块不大的三角地，三角地中央兀突突立着一盘石碾子，上无遮盖，下无水泥碾道，两个半大小子和一个比他们略小一些的姑娘，在说说笑笑地推着碾子碾米，一个老太太就着旁边的土坡将碾好的面子过罗。土坡实际上是三角地最长的那条边，是一条从河边大道通向塬上的土道。在老太太的上方坐着一位少妇，头发绾在脑后，深绛色的斜襟短袄，右手托着一管细杆烟袋，烟袋嘴儿没有含在嘴里，而是顶着腮边，定定地望着无定河，像是在看，又像什么都没看见，是出神，却带着几分落寞。她一动不动像尊雕像，背后的夕阳反射出满天红光，越衬得她沉静秀异，神韵天然。

车内不免有人轻声议论起来：

"啊，好美哟!"

"你是说人，还是风景?"

"景美人更美，这黄土窝里难得见到这么漂亮的小媳妇!"

"外行，米脂的婆姨绥德的汉，就离这儿不远，历来出美女。"

"她手里那杆烟袋太美了，抽烟的女人都是有个性、敢爱敢恨的角色 …… "

"祝教授自己不吸烟倒喜欢抽烟的女人?"

"这你就不懂了，抽烟的女人媚而不俗。有高人说，男人抽烟是馋，女人抽烟是醉。"

……

祝教授一声不吭，摇下车窗，按了许多次快门之后才让大家下车。十来位艺术家下车后大多都奔向左侧看河，尤其是画家和摄影家，对风景的兴趣最炽烈。而编辑、记者、作家们则在河边拍完照就转到右侧，他们对在没有村庄的大道边、凭空出现的碾米一家人充满好奇。

少妇早已起身，用簸箕从地上的口袋里舀出黍米，倒在碾盘的中间，又把碾子边上已经碾好的黏面用簸箕收起来，倒进老人的细罗里。她深腰高臀，身姿轻盈，由于天不冷，薄薄的冬装裹不住健硕又不失柔美的曲线。一看便知这是那种能承担生活压力的俏女子。

与陌生女子，特别是漂亮女子交流，是年轻艺术家的强项，一直默默地从各种角度为这碾米一家人拍照的祝教授，从别人和少妇的对话中，他大致知道了这一家人的情况：

快过年了，碾点黏米做油糕。从坡道上去走十来分钟，是这位少妇的家，其实是娘家，村名叫清水湾。罗面的老人是她的母亲，推碾子的两个少年中略高一点的是她哥的儿子，另一个是她的孩子，已经14岁，那个女孩12岁，是她的女儿，孩子们都放寒假了……现场晚婚晚育乃至不育的艺术家们一阵咋呼："你这么年轻孩子都这么大了！"

其中有些人的艳羡还真是发自内心的。

这群人是北京组织的文化下乡活动中的一个采风小分队，眼看天色将晚，领队便招呼大家赶快上车，众人于是纷纷道别。一直没有作声的老太太忽然大声说："你们留下吧，明天早上吃油糕。"

领队感谢了老人的美意，并解释说晚上市里还安排了活动。大家都陆续上车了，只剩下祝教授最后一个走到少妇跟前，问道："从你们这儿到市里还有多远？"

少妇似乎才注意到他，随随便便地穿着一件很好的驼色外套，面容清癯，却赫然一头乱发，眼神离离即即，看她的时候却很专注。好像搞艺术的这般神头鬼脸的很多，便缓缓答道："你们坐车也就一个多小时。"

"好，我晚上来给你送照片。"

少妇似乎并没有被吓一跳，或许觉得艺术家精神上有毛病的也不少，她眼眸幽深，内心稳定，只是看着他没有出声，不知该不该相信他的话。祝教授冲她点点头，没有被拒绝似乎已经觉得很欣慰了，转身快步登车。

教授一上来，面包车里就像炸了锅，大家相处快一周了，正好熟悉到可以相互开玩笑，特别是带点荤腥的玩笑：

"教授，你是糊弄人家，还是晚上真的回到这无定河边上演《西厢记》？"

"祝教授这是学雷锋，这家人太孤单了，老太太盛情挽留，也是为了她的女儿。她们碾的那个黏面就是做油糕的，是过年才吃的好东西，可见老人是真心想留我们。"

"祝教授要小心点，别让她丈夫撞见被暴打一顿……"

祝教授终于忍不住接茬儿了："诸位，请口下留德，别再拿这件事八卦了，我一个半大老头子无所谓，不要毁了人家清誉。

我只是想给她塑像，因为泥在宾馆里，必须再回来一趟。"

"塑个像，太棒了，可作永久纪念!"

话题老是岔不开，祝教授计上心头："这样吧，我跟你们打个赌，我出个字谜，在到达宾馆之前，你们只要有一个人猜对了，我晚上就不回来了，雇个司机来给送照片，我答应人家的事不能食言。如果你们猜不对，今后在任何场合都不能再谈论今天的奇遇。敢不敢应这个赌?"

领队赞叹："祝教授果然才思不凡，这个赌打得好，想来不是一般的字谜，大家不敢应赌也算输。"

一年轻气盛的高级记者不服，高声应战："这个赌打了，我不信这么多才子才女还猜不出一个谜语。但是有一条，你不能瞎编，最后谜底揭开，得合情合理，有根有据。"

"那是当然，这个字谜是当代一位很有才华的作家给我出的，他是为八大山人立传的，一本难得的好书。你们准备好了，我可以出题了吗?"

"请出题。"

"刘邦大笑，刘备大哭，打一字。"

霎时，面包车里安静下来，都在脑筋急转弯，谁都想率先破谜。憋了好一阵子，却无人憋出门道，甚至越想越摸不着头绪，觉得此谜好难猜。有人开始跟邻座交流破解之道，渐渐全车人都加入了讨论，希望靠集体智慧猜破此谜，你一嘴他一嘴，反而越说越复杂，好像离谜底也越来越远……祝教授乐不得换来难得的心静，低头专心检查自己相机和手机里的照片。

车进榆林市，很快就要到宾馆了，大家急于想知道谜底，只得宣布认输，请祝教授讲出答案。祝教授不慌不忙地收好自己的相机和手机，一板一眼地说道："刘邦一生中最开心的一次大笑，是项羽死，他要真正当皇帝了。刘备最痛心疾首的一次号啕大哭，是关羽死。项羽简称或自称'羽'，关羽简称或自称也是'羽'，'死'在字面上也叫'卒'，象棋里小卒子的'卒'。'羽死'惹得二刘一笑一哭，'羽死'就是'羽卒'，上面一个'羽'，下面一个'卒'，是什么字？"

"翠！"

"对了，诸位请记住你们的承诺。"

有人恍然大悟，有人抱怨这太难了，但又不能说是胡编的……这个话题一直到进了宾馆下了车还在议论，还在回味。

祝教授下车后请当地的面包车司机帮忙包了一辆出租车，他先去照相馆洗照片，然后跟大家一起吃晚饭，饭后向领队请了假，回房间提上那一坨雕塑用泥，坐出租车去照相馆取了照片，然后直奔清水湾。车行没多远，他忽然贸叫一声，才想起来下午忘记询问少妇一家人的姓名了，怎么去找？好在司机认识清水湾，并告诉他村里没有几户人家，你只要认识本人，就很容易找到。

于是他放下心来，拿出照片一张张地挑选，效果太差的放到一边，自己需要的留下，放进外套口袋，剩下的都送给少妇一家人，有老人的，有孩子的，他们会高兴的……

晚上9点多钟，老娘喜欢的省台电视剧播完了，捅醒了在一旁打盹的老爹，并催促着三个孩子上炕睡觉……

少妇自己这一晚上却有些心神不宁，主要是那个乱头发教授临走前扔下的那句要给送照片来的话。如果他真来，就得到大道边去接一下，不然这塬上一片黑灯瞎火，他往哪儿去找？如果他就是随便一说，这十冬腊月的晚上，她一个人站在土坡上，岂不是冒傻气？犹豫再三，她还是穿上大衣，裹好围巾，拿着手电筒出了屋门。

快到年底了，崄塬上的夜格外黑，格外静，却没有风，也不是很冷。无定河都没有结冰，还能冷到哪儿去？世道变，天道也变，她记得小时候天一凉就天天刮黄风，进九后再砸开无定河的冰，有二尺厚，那时候的冬天才像冬天，就像诗里说的，北方的冬天不是一个季节，而是一种占领、一种霸道……仗着路熟，她打开手电筒顺着坡道缓缓往下走，竟觉得一个人在这漆黑的旷野里走一走也很舒服，特别是现在用不着担心会受到野兽、强盗之类的伤害。塬上甚至连人都越来越少了。

她的眼睛渐渐适应了黑暗，看见远处的青黑的夜色中有一条淡淡的白色长带，那就是满天星光投射下的无定河。黄土高原上的夜晚，不管初一、十五，繁星总是这么贼亮贼亮的。为了让来人远远地就能看到她，没有去河边，而是站在高坡上，手电的光柱指向从榆林来的方向。四野一片寂静，大道上没有一辆车，眼看就到年根底下了，跑车的人谁不往家里跑啊？

她蓦地想到了自己的丈夫，还有几天就是他当她的丈夫的最后期限，他会不会回来？这已经是他第四个春节没有回来过年了，她甚至连恨都恨不起来了……她希望自己能这样，有时也相信自己已经达到了这个境界，跟别人也总是这么说。其实她的心里恨丈夫，已经恨出了一个洞，这个洞至今并未长好。好在过了这个年就一了百了啦！

时间真是一盘细磨，慢慢把人的心磨出了茧子，天大的事也会不怎么在乎了。细想起来也不能全怪他，自己当初如果跟他一块出去打工，他可能就不会找别的女人，就像自己的嫂子，大哥去哪里就跟到哪里，把孩子和地都扔给老人。她也试过，实在忍受不了那种外出打工的生活，吃不像吃，住不像住，最主要的是没有自由和尊严，被呼来唤去，谁都可以支使你、呵斥你，累个七死八活，说不要就炒你，说不给钱就可以真不给，甚至连工厂也是说黄就黄……

那时她的两个孩子还小，舍不得丢下，结果却把丈夫丢了。也怪现在的男女关系太乱了，男女一乱，家就乱了，家一乱就把女人毁了……她的脑子里胡思乱想，却没有影响她看到从市里来的方向，真的出现了一对车灯，向着这边越驶越近，她赶紧移步下坡迎上去。

车速减慢，在她脚边停下来，乱发教授慌忙从车里钻出来，声音里带着异乎寻常的感动："不好意思，还害得你在这儿等候，冻坏了吧？"他伸出双手似乎要给少妇暖暖手，或者只是想握握手，却半截又缩回来反身打开车门，"快上车，里面暖和。"

少妇迟疑着，她以为对方把照片交给她不就可以返回了吗？

祝教授可能明白了少妇的意思，解释说："我想到你家给你塑个像，只是打草稿，不会占用你太长的时间。方便不方便？"

少妇虽然还不完全明白"打草稿塑像"的意思，却不好拒绝他想到她家里去的要求，何况自己的母亲下午邀请在先。于是她上了车，引导着爬坡上塬，来到自家院门前，她下车打开院门，让车开进院子，然后将乱发贵客或者说是不速之客让进屋里。她也想让司机进屋，司机却坚持在车里等候。

刚才女儿一个人出去了，老太太自然不放心；妈妈出去了，孩子们更不会睡觉，听到汽车进院的引擎声，都从里屋跑出来。少妇将客人引进自己和女儿睡的房间，祝教授从兜子里掏出照片放到炕上。拍照片是祝教授专业的一部分，相机又好，照片自然拍得很好，而且人人有份，个个神态自然生动。大人孩子抢着看，一阵惊讶，一阵欢笑。

祝教授拿出一张自己的名片递给少妇："我叫祝冰，是中国工艺美大的教师，搞雕塑的，还没有请教你的芳名？"

少妇一边低头看着祝冰的名片，一边答道："我叫孙秀禾。"

祝冰反客为主，把墙边的杌凳搬到屋子中间光线最好的地方，让孙秀禾脱掉大衣，只穿一件藕荷色的斜襟薄棉袄，身子微微向左侧着坐下，他嘴里叨咕着："你的这个侧面美极了!"

随后他自己也脱掉外套，里面只穿着衬衣，外套一件毛背心。他将大炕对面的桌子移到孙秀禾对面，把塑泥放到桌上，眼睛像刻刀一样在孙秀禾的脸上死死地盯了一会儿，两只手倏然变得像魔术师一样灵巧有力，那坨泥在他的手里既柔软又坚硬，软到随着他的手指任意变化着形状，凡经他捏出来的形状就硬到决不扭塌。他的眼睛甚至常常不看手中的泥，只盯着孙秀禾的脸，十分专注，且锋利无比，仿佛能看到她的骨头缝里去。他也有柔情脉脉的时候，饱含着迷恋，甚至是崇拜；却又不是那种色眯眯的、猥亵的，孙秀禾也就没有顾虑地随他看个够。

屋子里安静下来，老人和孩子们不再看照片，而是围在祝冰身边看那塑像，首先是孙秀禾的儿子嚷起来："像，像妈妈!"

其他孩子连同老太太也都随声附和："是像，还真像!"

老人说完强行把孩子们都赶到自己的屋里去睡觉，然后又给祝冰和女儿各端来一碗枣茶，并随手替他们关好了屋门。祝冰的工作却停了下来，反复地看看塑像，再看看孙秀禾，他显然是遇到了困难。

他脱掉毛背心，只穿一件衬衣，回手端起那碗枣茶一饮而尽，放下碗看着孙秀禾眼睛说："小孙，我能摸摸你的头吗?"

说完他使劲在衬衣上把两只手擦干净，不等孙秀禾反应过来就走到她的近前，双手捧住了她头颅的两侧，由上到下，又由下到上，随后是耳朵、脖子、脸、眼睛，甚至嘴唇……他的手时而轻柔，时而有力。她极紧张，却又不是没有一点舒服的感觉，她害怕和厌恶自己这种紧张又受用的感觉，从小到大，还从来没有人这样摸过她。她越来越感到祝冰的手指上带着火，带着电，火烫得要把她烧化了、击倒了。她呼吸慌乱，双颊发热，胸部膨胀……偷偷地抬起眼睑瞄一下祝冰，原来他是闭着双眼在摸，可她却感觉不到他是在瞎摸，他的手上就像也长着眼睛。他没有像自己说的只摸她的头，顺势又摸了她的双肩、双臂，甚至捏弄了她的每一根手指……

他睁开眼回到塑像跟前，不说话，也不再看她，注意力全部集中在塑像上，拧着眉头，眼瞳强力收缩，闪出一股兴奋和冲动，仿佛把她也忘了一样。过了好一阵子，他停下手，抬起头，端详着塑像，自言自语又像说给孙秀禾听："行了，今天就到这儿，回去再细加工。"

孙秀禾早就忍不住走过来看那塑像，心里一阵惊喜，眼睛火辣辣地燃烧起来……这个乱发教授真不是白当的，这么一会儿的工夫就重新塑造了一个孙秀禾。她太喜欢这个塑像了，这是自己，似乎又比自己更好，好在哪里她一时还想不明白，是比自己更漂亮、更有精神？

祝冰移开凳子，让孙秀禾站到刚才坐的地方，身体仍然微微向左侧一点，不再提出申请就动手摸了她的腰、屁股、两条秀腿，然后从兜子里拿出个硬壳大本子，飞速地用笔画出她的站姿，随后又拍了照片，才长出一口气。一眼看见孙秀禾没有动的那碗早已冰凉的枣茶，端起来一仰脖子灌下去，擦擦嘴角冲着孙秀禾笑了："以后我还会麻烦你，能不能告诉我你的电话？"

两个人交换了电话，加了微信，祝冰开始收拾东西，把自己的零碎儿全放进随身带的大兜子，穿上毛背心和外套，从口袋里掏出一个信封递到孙秀禾手里："这个信封里有一张卡，信封上的数字就是密码，里面还有10万元多一点，这不是你让我塑像的报酬，是给孩子过年的红包。"

孙秀禾吃一惊，没想到这个乱毛还有这一手，坚决不要，但她更没想到的是祝冰手劲极大，摁住了她的手："别跟我争，不要吵醒老人和孩子。"他强把卡塞进炕上的被垛下面，然后用自己的围巾裹好塑像，小心翼翼地抱在怀里，轻轻出了房门，并反身将孙秀禾推回屋里，轻声却很强横地说："外边冷，你不许出来！"

这个祝冰简直就是疯子，他不听你说话，也不管你心里是怎么想的，来一阵风，走一阵风，等孙秀禾反应过来，从被垛底下翻出那张卡，披上大衣追出门，只看到汽车尾灯顺着坡道渐渐消失在塬下。

她站在院门前，呆呆地望着黑乎乎的远处……

老娘不知什么时候也出来了，或许她老人家根本就没睡，一直在听着这边屋的动静，天底下只有娘最清楚女儿这些年心里的苦。老人轻轻地在女儿身后说："外边冷，回屋吧。"

孙秀禾顺从地回身进院，并随手锁好院门。

这一夜，孙秀禾还能睡得着吗？

孤寂沉郁了许多年的少妇之心，被这个疯子教授的出现搅乱了，脑子里涌出一堆问号：他到底想干什么？他为什么非要给她留下那张卡？是认为农村人穷，瞧不起她？这让她的心里很不自在。其实她真不想要他的钱，而想要那个塑像。可她张不开口，实际上也没容她开口，那个疯子抱着塑像就跑了。他在她的身上又摸又捏，分明是占自己的便宜，可她当时却无法抗拒，甚至还产生了一种说不出口的异乎寻常的刺激和感动，事后想起来还觉得脸红耳热，心里怦怦乱跳⋯⋯

她几次拿起手机，有一股强烈的冲动想给他打电话，问个明白，可她又怕自己说不出口，有些话在电话里也说不明白。他如果还在出租车上，当着司机能说什么呢？如果已经回到宾馆，说不定已经休息了，人家刚走电话就追过去，也不太合适⋯⋯麻烦，孙秀禾陷入一种从来没有过的心慌意乱、顾虑重重、犹犹豫豫、拿不起又放不下的境地。

早晨，天一放亮，她穿戴齐整，跟老娘打了声招呼，戴上头盔，骑着电动车直奔榆林市，她怕去晚了采风小分队的人走了。就这样等她赶到宾馆，艺术家们已经上了面包车，正要出发。她在面包车跟前下了车，从前到后扫视着车里，却发现祝冰并不在车上。

面包车上的人本来就喜欢跟她搭讪，看到她一大早从乡下赶来，惊异而充满好奇，有人抢先告诉她，祝教授有紧急任务赶回北京，刚走不一会儿，去机场了。

她愣在原地。

有人喜欢多嘴，问她："你找他有事吗？"

废话！这么着急地跑来怎会没事，可有事能告诉大伙吗？

她沉了一会儿才答道："昨天祝教授有东西落在我家了。"

面包车里有人笑着说："八成是他的魂儿丢在清水湾了。"

车上的人开始小声嘀咕："老祝可能闯祸了，这叫惹火烧身，他到底是北京真有急事，还是吓得赶快逃了……"

领队提醒道："大家别忘了昨天对祝教授的承诺。"

孙秀禾知道是自己给祝冰惹麻烦了，这些人脑瓜本来就比别人转得快，想得多，自己一个乡下女子昨天刚认识，今天一大早就追到城里来，也难怪人家会多想。

面包车载着艺术家们的玩笑声和怀疑的眼光开走了，一遇到这种事人们一般都不往好处想，他们肯定在不怀好意地揣度祝冰和她昨天晚上到底发生了什么事情……她心里猛地也上来一股狠劲，索性一不做二不休，把电动车存在宾馆，到门口拦了辆出租车，向机场追去。

她追到机场，看见祝冰正排队办理登机手续，怀里抱着个裹得严严实实的东西，旁人一看就会认为是珍贵的瓷器或其它怕磕怕碰的宝贝。他用脚踢着跟前4个轱辘的行李箱，缓缓向前移动。孙秀禾看他这么爱惜自己的塑像，心里泛起一波暖意，站在远处定定地看了他一会儿，才走到他身边，伸出双手要从祝冰怀里接过塑像。祝冰嗖地往旁边一躲，刚要厉声喝问，看清是她，十分惊讶："你怎么来了？"

孙秀禾笑笑："给你送行啊，要走了也不打个招呼。"

祝冰没想到还要向她辞行，解释说："今天早上临时决定的，太急了。"

孙秀禾要替他抱着塑像，他却让她帮着推箱子，不肯将塑像撒手，外行人不懂得这个塑像对他的意义，他怕万一摔了。

她说："我替你抱一会儿都不行？"

他竟实话实说："我自己抱着心里踏实，不敢也舍不得让别人抱。"

"我是别人吗？自打昨天晚上塑好了我还没有碰过，你总得让我抱抱自己吧？"

祝冰这才把塑像交给她，让她到旁边的空椅子上坐着等候。他托运了箱子，领了登机牌，才来到她身边坐下。她腾出一只手，伸到外套里面的口袋里掏出那张卡，还没容她开口，祝冰眼快手疾夺过来又掖回到她里面的口袋里，完全不在意触碰了人家的胸。

孙秀禾不敢挣脱、推让，脸却红了，毕竟候机厅里人很多。

她轻声说："我不要你的钱，我不是你的模特。"

"模特？模特一节课只有几十块钱，我带着学生上写生课，4节课整整半天，才给模特二三百块钱。你怎么会是模特？你是女神，黄土高原的女神，我的艺术女神！"

"满嘴胡说，当教授就是这么哄人的？"

祝冰并无半点油嘴滑舌之相："我接了一个项目，憋了好几个月就是找不到感觉，昨天一见到你脑子轰然开窍，灵感终于降临，昨晚回到宾馆创作欲望像火一样烧个不止，各种想法和细节源源不断地从脑子里冒出来，我一夜没合眼，边写边画，直到天亮。你说你不是上帝派来拯救我的灵感女神吗？"

这个疯子说着兴奋起来，眼睛里迸射出奇异的火花，一只胳膊伸过来搂住她的肩，不顾众目睽睽在她的脸上亲了一口。

孙秀禾僵着不敢动，努力保持神色自然。

祝冰继续说："你怎么老提那张卡，那不叫钱，再说我要钱也没有用，当时我就想给你点东西，表达我的心意，可我身上没有什么好东西，就那一张卡。要过年了嘛，给自己和孩子买点喜欢的东西，从今天起，恐怕三个月内我都得在创作室里工作，没有工夫给你买年礼。"

"可我不想要钱，想要这个你给我做的塑像。"

"这个塑像我回去还要处理，不然会裂。再说我抱回去还有大用，今后的3个月内我一刻也离不开她，现在你明白我为什么说你是我的艺术女神了吧？这个工程完成后我本来想自己留着，放在书房的桌子上，天天看着，时时给我以灵感。如果你想要就给你，我还想给你雕一个大理石的全身像……没关系，我是搞雕塑的，你想要什么样的像我都给你塑。"

她不自觉地跟他说话变得随便起来，自然起来，盯着他的眼睛不让他躲闪："你说话算话？"

"当然，我是跟石头、金属打交道的，虚一点都不行。"

"你到底接了个什么项目？"

"还没开始，不敢说。中途如果卡壳需要女神垂顾，我再请你去。"

祝冰的航班早就开始登机了，广播里喊着他的名字催促他快点登机，他站起来从孙秀禾怀里接过塑像，非常小心地放到椅子上，然后在大庭广众之下很绅士地拥抱了孙秀禾，并在她脑门上亲了一下。然后在耳边嘱咐道："回去的路上要小心，有的路段上有冰。"

孙秀禾："你到家后发个信息来。"

"那是一定。"祝冰边说边快步走向登机口。

她看着他，眼神茫然，心也茫乱。

她打车回到市里，趁便用祝冰的卡买了一大包老人、孩子以及家里过年所需的东西，绑在电动车的后架上，正准备出发，收到了祝冰的微信："我已落地，勿念。你到家了吗？"

她回复："有人接吗，是您太太去接吧？我还在路上，到家再复。"发完微信她又觉得不妥，平白无故怎么会想到人家的太太呢？

祝冰的回复又来了："秀禾放心，学生接我，我的太太十几年前就带着女儿去美国了。"

她很高兴他称她"秀禾"，显得亲切。但他又何必表明自己的太太不在身边呢？她没有再复，保留这个回复的机会到家后再写，却一路上都在猜想祝冰的生活状态，十几年来难道是他一个人在生活吗？对于一个大学教授来说这有点不可想象……

她回到家，老娘已经做好了午饭，她从车上把年货卸下来搬到屋里，大人孩子一阵忙乎，欢欢喜喜，立刻有了要过年的样子。自打早晨她就没有吃东西，却并不觉得饿，进屋先给祝冰发微信："我到家了，母亲做了油糕，可惜没有让您和您的朋友们尝到。"

一下午她都把手机带在身上，却没有接到祝冰的微信。到晚上，忍不住找了个理由又给他发了一条微信："还忘了跟您说声谢谢，谢谢您给的过年大红包，今天路过市里，给老人和孩子买了点年货。"

他如果再不回复，两个人的关系或许就到此为止了。

祝冰果然没有回复。

晚上10点多钟，她在女儿身边躺下准备睡了，心里却空落落的似有所失。她问自己失去了什么，祝冰没有给你任何许诺，他当众抱你、亲你，以他的年龄和身份并无什么不得体，不过是城里知识分子的一种礼节，也可以说是逢场作戏，是你自己想多了。别忘了自己只是一个被农民工抛弃的农家女，千万别被城里人，特别是大教授的随口恭维迷惑了，他不过是看你长得好看，拿你当回模特。这是他有眼光，你自小就是塬上最漂亮的丫头。其实这也算不了什么，他在城里，特别是在大学里，年轻漂亮的女孩子不知见过多少，在农村突然见到一个顺眼的，半真半假、好听的话一大堆，千万别太当真，想歪了……也是由于昨晚没有睡好，她这样一数落自己，竟真的很快就睡着了。

尽管已经睡着了，手机一有动静，支棱坐起来，屏幕上显示快12点了，是祝冰的微信："女神，我刚从创作室回到家，今天开头很顺利，这应该感激你这位女神，你占据了我整个人，满脑子都是你，极为端丽的五官位置，温婉循循，一切都在我心里活起来，何况旁边还摆着你的塑像做样板，创作起来得心应手，一气贯下来。只是有点累，我要先洗个澡。"

这个疯子竟是从机场直接去创作室，一直工作到现在。孙秀禾想象不出他进入创作状态时的样子，心无旁骛，精神高度集中是肯定的，去洗个澡也要告诉人家……她写道："您太辛苦了。请您以后别再叫我女神，叫得我很不好意思，我就是一个农妇。"

过了很长时间祝冰才回信："秀禾，你就是我心里的女神，女神是不能随便乱封乱叫的，我是由衷的。我也喜欢自己的这种心态，这对我的创作有好处。你最大的特点是美得真实，我不需要那种没有人间烟火气的漂亮。你如果愿意，有空时也可以跟我讲讲你的经历，你的家庭、丈夫、孩子，我看你的气质、谈吐，至少是上过中学了。"

"高考时大意，将准考证忘在课桌里，下午耽误了近一个小时才进考场，题没有做完。落榜后就回家务农了。"

"生命的意义很丰富，不必死认一条路。我在你们那一带跑了不少地方，有些很好的古堡都空了，甚至有的镇都没有多少人了，年轻人似乎大都出去了，你没有出去是不是有什么想法？连我都觉得那些古堡、古镇都空了，太可惜，我还想在古堡上做点文章。"

"我也出去过，但没待几个月就跑回来了，我不喜欢打工的环境和精神上的压抑，再说打工的活儿，也不比在塬上种地轻松多少。比较起来我还是更喜欢在家里种地，天高气爽，自由自在，由于地多人少，维持生活很容易。"

"好，终于碰到一个喜欢农村的知音。我就是农村人，至今做梦还都是梦到童年时老家的样子，我想退休后找个农村或有荒地的山区，盖两间房子，种几亩地，优哉游哉。"

"真的吗？您能塌得下腰、吃得了农村的苦？"

"我是在农村长大的，对农村对土地有种天然的感情，现在的工作说到底不过就是个石匠，有时候还当铜匠、铁匠，都不是省力气的活儿。至于苦不苦，全在个人的感受，以后若有机会我会证实给你看。"

"我也喜欢我们这个地方，有人说，在我们这儿当个牛、当个羊都是快活的，犁地有犁地的歌，拉车有拉车的歌，所以羊肉不膻，有奇香，您再来的时候一定让您尝一尝。"

"你的歌一定唱得很好了？"

"好不好不敢说，自小在民歌中长大，陕北人哪有不会唱民歌的。"

"好好好，我一定会找机会听到你唱歌的，那将是一种幸运，一种大享受！现在的年轻人喜欢农村的不多，你能喜欢自己的家乡这太好了，难怪叫秀禾！汉世祖刘秀出生那年，他的父亲刘钦看到自家麦地里有一棵麦子长出九个麦穗，于是他给儿子取名'秀'——'嘉禾之瑞'。你就是陕北黄土高原上的嘉禾！我没动脑子脱口叫你女神，看来是叫对了。"

祝冰的话让孙秀禾心里很受用："您真不愧是大教授，这个名字我叫了30多年，没人给我解释过，我自己也没有这样想过。"

"你看这样好不好，为了奖励你难得的对家乡的热爱，今年放假你们一家人可以到北京来玩，开我的车随意去你们想去的地方，全部费用都不用你们操心。"

"谢谢您的好意，我出不去，这个年我将非常忙，三十要回婆婆家一趟，如果我丈夫回来就利用放假这几天把婚离了，如果他还不回来，一过年我就得到县法院起诉他，强制离婚……"她突然打住，不知自己是怎么回事，竟跟人家说起这些家丑。

"你的婚姻出了什么问题？"

"前年我知道丈夫在外打工又有了别的女人，我提出离婚，一直对我不错的婆婆给我跪下了，不让我离婚。我提出一个条件，他必须离开外边的女人，回家跟我一起种地，若真是一扑纳心地想跟我过好日子，我可以考虑不离婚。他父母几次三番地去信催，甚至还派人去叫，他都没有回来，还跟外边的女人有了孩子。即便是为了外边那个女人和孩子，这个婚是离也得离，不离也得离。我给定的最后期限就是今年年底，他回来就协议离婚，不回来我就通过法院打官司离婚！"

隔了好一会儿祝冰的信才发过来："对不起秀禾，惹你谈起这种令人不快的事。但我要感谢你告诉我这些，现在我知道你身上那种沉毅清肃的风致是怎样形成的了。那天初见，你很特别，可以叫卓然而立，也可以说是孤独，一下子打动了我。孤独是心灵的深刻和敏感造成的，只有优秀的人才能在孤独中发现自己。"

不等孙秀禾回复，祝冰的微信又发过来了："西方一个知名的哲学家说过，婚姻是一种必要的苦恼。生活中充满悖论，你失去一个，说不定还得到一个；得到一个也许还会失去一个。当今世道，西方人找不到上帝，东方人找不到神仙，各行其道，大主意自己拿，自己主宰自己的生活。"

"前两年我很绝望，觉得活着一点意思没有，完全是老人和孩子使我撑下来。"

"大可不必，所谓绝望就是心死，心绝路才绝。有什么念头，就有什么命运，变换心境，就是变换生命。你肯定知道林青霞，一个优秀的演员，却情路坎坷，婚姻失败，陷于困境时圣严法师用八个字开导她：面对，接受，处理，放下。她放下后焕然一新，风华依旧，写了许多很漂亮的文章，展现了她的另一种才华，更重要的是，证明了优秀的女人具有强大的自我修复能力。"

"我放下了，但两边的家庭、老人和孩子放不下。他是我高中同学，各方面都很一般，我喜欢的男孩子考上大学走了，我们不可能有结果，便接受了他。看中的是他很老实，可以踏踏实实地跟我种地过日子。不想他一出去见了点世面，人就变得那么快。"

"你因高考失误，竟在婚姻上退而求其次，这就叫凑合，为什么要委屈自己？而对方自卑的老实，是靠不住的，那是没有条件不老实，一旦有了机会自卑者反而更容易膨胀，要在另一个女人面前当大丈夫，这是一般规律。爱情的本质是分享，相互分享喜怒哀乐，当不但不能分享，甚至一方感到痛苦委屈时，就不能再继续委屈下去。情知不是伴，何必要相随？从我看到的你的状态，以及刚才你讲述此事的语气，可见你器识大度，自尊不允许你死缠乱打，这就是黄土高原上女神的境界！"

孙秀禾感到一种被理解的欣慰和感动，从来没有人跟她说过这样的话，都是劝她忍，等待那个或许她从来就没有爱过、高看过的男人回头。他们总是说，男人在外边野够了自然会回家的，农村人都抱着"宁拆一座庙不毁一桩婚"的观念，其实堡子上的庙一解放就都被拆了，光剩下违约毁婚了……

她忽然想到自己耽误祝冰的时间太长了，要说这个人的精力也真是好，在农村50多岁就是老头了，看看他，一夜没睡，又长途奔波，回到北京不休息直接工作到深夜。她赶紧写道：

"谢谢您对我的开导，时间太晚了，今天您也太累了，赶紧休息吧，等您有空时再聊。"

"现在已是凌晨，时间不是太晚，而是太早。但我们确实都该休息了，既然是睡觉就道一声晚安！"

"晚安！"——临睡前有个人跟她互道晚安，这让她的心里温暖，还有一种别致的感觉。

自此以后，每天晚上无论多晚，两人都要互通微信，或者通个电话。话题越来越广泛，几乎无所不谈，也越来越深入，她自然也问到自己最关心的祝冰和他太太的关系，这复杂微妙的问题若通过微信说清楚得写多长？他只有在电话里告诉她：只是因为两人都忙，没有时间离婚，而且特别讨厌在中国离婚的麻烦，被逼着要回答许多问题，两个人又都还没有再婚的打算，婚离不离的无所谓。或许等他再去美国时，两人到拉斯维加斯去办离婚手续，花30美元，几分钟就可拿到离婚证。

祝冰在讲述他的婚姻状况时跟讲笑话一样，常常逗得孙秀禾忍不住想笑。他妻子是画家，爱干净，最忍受不了他工作后一身脏兮兮，回家往床上一躺像死狗一样。她最初爱他的才华，其实他的才华就在一双手上。他也非常爱妻子，喜欢给她按摩，为她摸骨，一开始她很享受，后来有了孩子，不管她处于什么状态，他的疯劲一上来就要又摸又捏，特别是创作遇到困惑时，拿自己的妻子当骷髅那样摸，让她受不了。他最早也是学绘画的，小时候在乱葬岗子捡了个骷髅头，用河沟里的水洗干净，就藏在自己的被子里，没事就摸那个骷髅，晚上搂着骷髅睡，一遍遍地在纸上、河滩的沙子上画那个骷髅……

后来他的妻子送女儿到美国读书，就没有再回来。失去妻子的前几年他非常痛苦，家庭是天性和文化的妥协，他很后悔当初不懂得妥协。刚结婚时无论是他们自己认为，还是在别人看来都是完美的结合，其实哪有完美的结合？只有在结合中双方趋向和谐，慢慢找到各自属于自己的完美。可惜他们错过了机会，走到了反面。

孙秀禾听到这儿禁不住想，竟然连祝冰这样的教授家庭也是走着走着就散了！农民的家在散，城里人的家也在散，有彻底散的，有名存实散的，有正在散和准备要散的，家庭散伙似乎成了一种时尚……她险些脱口而出，我喜欢被你摸的感觉。话到嘴边改口道："您为什么要摸骷髅，摸人的骨头？"

他说："人都是骨头撑着肉，只有摸了骨骼和筋肉的形状和结构，对一个人的形体样貌才有把握。"

她还关心他一个人怎么生活："您每天吃饭怎么办？"

"现在最不成问题的就是吃饭，吃饭有两个目的，一是为了生存，填饱肚子才能活着、工作，二是为了快乐。家里有厨房，学校有食堂，大街上有饭店，这两个目的都太容易就能得到满足。"

……

每天晚上两人的通信或通话，成了她最期盼、最快乐的事情。每晚一过10点她就处于一种焦灼、饥渴的状态，等待着他的信息。有时过了12点还没有他的信息，她禁不住一遍遍发微信甚至打电话，而他的工作不告一段落是不开手机的，他错过了通信的时间不是因创作大顺，就是创作不顺。他强烈地活在自己的创作情绪中，也感染着她跟着一起兴奋、快乐或担忧。两个人通信或通话，不知不觉也变得越来越无话不谈，且情意绵绵……

渐渐地她认同了他的工作规律和作息习惯，也开始试着接受他的精神世界。她敏感的心灵随着命运的安排开始活跃起来，自己都觉得与现在的状态相比，前几年简直就好像是假装在活着。就这样，自然而然的她发现自己真的喜欢上了祝冰。

她虽然生了两个孩子，却根本没有真正恋爱过，上高三时有时与班长偷偷摸摸地传达情意，无法与眼前对祝冰的依恋相比，不要说一天接不到他的信息会发疯，他的信就是来得晚一点她都觉得受不了，后来她要求每到晚上11点，就是工作没结束也要打开手机。一旦听到他那些恭维的昏话，就羞怯欢恋，情致旖旎。

他有时甜言蜜语，有时胡言乱语，光是对她的称呼，一会儿秀秀，一会儿禾禾，一会儿小禾，甚至小丫头、小姑娘……她有时竟被这些亲昵的称呼就弄得魄荡神迷。或许女人就需要这样被自己喜欢的人溺爱，宠赞。她相信祝冰这样跟她亲昵，也是他自己感情的需要。当每晚跟他通完话再躺下来，她神思如醉，内心畅满。

有一天她终于忍不住说出了口："我想你！你知道吗？"

"将心比心，我怎么会不知道？我也想你，所幸我可以天天看着你，把对你的思念融进作品。"

"这都怪你，天天说好听地哄着我。"

"说得不错，但不是我哄你，而是我让你认识了自己。一旦你明白如何去聆听自己，欣赏和爱自己，你也就能爱上别人。归根到底，你生命中所发生的一切，都是你自己吸引过来的。那天你不坐在道边举着烟袋出神，后边的一切都不会发生。"

"女人抽烟是不是很丑？那是我娘的烟袋，我有时累了、烦了，也会抽上几口。"

"有一种女人抽烟，益增其美，你就属于这样的女人，显得更成熟、更智慧。你不见好莱坞电影里的许多美人都拿着烟，不是为抽，是为了美。"

"什么话从您嘴里说出来总是味道不一样，但我们不会有结果的。"

"那不一定，我是可以给你结果的，就看你的决定。再说生命的意义并不在于结果，而在于活着的每一个过程。每个人最终的结果都是死亡，所以人活着总要有点意思。说穿了，人生就是经历，当一个有意思的人，有意思地活着，做点有意思的事，这本身就很有意义。"

他的话像绕口令，却让她大脑开窍。

就这样两个人天天有说不完的话，情意越来越浓，孙秀禾觉得上一辈子就认识他了，他像她的情人又像她的父亲，哄着她，宠着她……

很快到了农历三月，塬上桃花开了，横山的冰雪融化，无定河的桃花水下来了。塬上的春耕春种也开始了，祝冰要来看她。

桃花汛期中的无定河，比冬季宽阔了许多，河水混浊而湍急，河岸边的花木郁郁茸茸，一派北方的暖春气象。祝冰开着自己的大众吉普，在灿烂的阳光下，远远就看到秀禾站在他们当初见面的道边等候。他将车驶近后在路边停住，推门下车，定定地望着秀禾桃花般姣好的面容，幽深而含笑的双眸，然后就扑过去，两个人熟悉得像久别的夫妻一样紧紧抱住，急切地相互寻找着对方的唇。

孙秀禾没想到自己一点准备没有，竟会这么自然顺畅地就走到了这一步。待他们的想念和焦渴得到暂时的满足后才松开对方，祝冰为她拉开车门，两人上车后拐上进村的坡道，直接开进了秀禾家的院子。爹娘下地了，孩子们还没放学，家里很清静。

祝冰打开后车门，车座上、座位下放满了箱子、盒子、兜子……他先把箱子拿下来，就在院子里打开，里面有两个硬纸盒子，打开盒子里面塞满泡沫塑料保护着两尊孙秀禾的塑像，一尊就是那个泥塑，另一尊是大理石的全身雕像。丰姿慧美，又卓然入妙，跟她完全是一个模子刻出来的，隽洁秀异，风致端凝，又多了一种雍容、幽淑的气度。她一时目瞪口呆，欣喜异常，转头在他脸上亲了一口。然后分别把两尊雕像抱到屋里，一尊放到自己屋里，一尊摆到爹娘屋里的迎面桌上。祝冰拉着她的手双双坐到炕沿上，直视她的眼睛，怎么想就怎么说，他希望她相信、其实也知道她会信任他：

"秀秀，跟你说一件严肃的事。口北建了个北方博物馆，很堂皇，藏品也多，应该是北方最大的博物馆了。去年他们找到我，在博物馆大院的中央、主楼的前面立一尊塑像。我憋了几个月不知要塑个什么，几个月前看到你的那一瞬间我骤然开悟，既年轻漂亮，又要有历史感、有深挚沉静的母亲风韵。后来爱上你就更好了，这也是我的一个梦想，将自己爱人的形象借助大理石而不朽，永远矗立于人世间，供人们敬仰、膜拜！"

"这是好事，为什么总不跟我明说？"

"以前不敢跟你说明，怕你不同意，这毕竟使用了你的肖像权，如果你不同意我还要在面部做些改动，改得在像与不像之间。可我不想改，我就想以你的面貌立一个'大地之母'。基座80公分，塑像3.8米高，形神卓荦，仪态端静，既风神绰约，又满身散发着母亲的光辉。我给雕像定名为《大地之母》，你们这里有句老话不就是'千年老根黄土里埋'吗！当初因大陆板块移动，非洲的猴子从树上落到地面上，才渐渐成为人类，大地就是人类的母亲，我雕塑的就是黄土高原上的母亲，从内心到外表都很美，又年轻有活力，充满力量。无论是博物馆的人还是学校雕塑系的师生，看了完成的雕像后无不惊艳，一致通过。我自己也觉得这是我投入感情和心力最多的作品，是自己的得意之作。"

孙秀禾就是先被他的智慧和精神的强大所征服，渐渐才爱上他的，她没有明确表示同意和感激，却搂住他的脖子一阵亲吻。自从这次见到祝冰后她像换了一个人，老想贴在他身上，跟他亲近不够。祝冰今天穿了一件样式极少见的夹克，头面也收拾得干干净净，显得很年轻，她越看越喜欢，原以为自己已经枯竭的心灵又滋润起来，甚至像无定河的桃花汛一样开始奔涌、激荡。

祝冰继续说："后天塑像揭幕，我想请你跟我一起去参加揭幕式，揭幕式一结束，我们两个一块回来种地，行不行？"

孙秀禾有点顾虑："我不会给你丢面子吧？"

这回是他搂住了她，在她耳边轻声说："你只会给我增光，那天整个博物馆里所有人的眼光都将盯着你。所以我给你买了墨镜，参加揭幕式的时候，只让人们看到你女神的风采，不让他们全部看清你的面目。如果你摘了墨镜，一定会引起轰动，走到哪里都被围观。这个塑像以及创作过程，将成为一段佳话流传开来，也是我们感情的见证。"

他想了想又说："我的学生会称呼你师娘、师母，他们不是开玩笑，是尊敬，你大大方方地接受就是了。"

祝冰说完起身走出去，把车上的兜子、盒子都拿进来："我给你买了两身衣服，试试看合不合身?"

一身是休闲装，乳白色的紧身上衣，黑色高腰宽松裤，孙秀禾穿上以后整个屋子都亮堂起来，突出了她健美有致的腰身，真率天然，了无矫饰，越发显得轻盈灵秀，窈窕娟娟。秀禾对着镜子，目光荧荧，幸福感从心里往外溢："真想不到你还会买女人的衣服?"

"我哪里会买衣服，但我知道你的身高、三围，让服务员多拿几件，我来选。"说着他从兜子里拿出第二套衣服，是正装，准备参加揭幕式穿的。宝蓝色的直领衬衣和长裤，外面是浅棕色质地精良的薄大衣，肩上一系淡紫色的长纱，飘在襟前。他让她坐在炕沿上，耷拉着两只脚，他从纸盒子里拿出一双精美的深蓝近黑的半高跟皮鞋，却不给她试鞋，先捏她的秀足，从脚跟、脚掌到一个个脚趾，秀禾的身子都被他捏酥了，心里欢喜不尽地随他摆弄。他一边捏着一边说："以前我没有摸过你的脚，但看上去你的脚不大，我还有点奇怪，在农村少见有这么秀气的一双脚。"

她秋波盈盈："小时候娘总是给我做小鞋，说女孩子别让脚随便长，长个大蹄子，人没到脚先到，难看死了。让我穿小鞋，挤着点。"

"老太太有这般见识，难怪生出你这么漂亮的女儿。我买的大了半号，不知合适不合适？站起来，到外面走走看。"

孙秀禾自己都觉得整个人被抬起来了，她到衣柜的大镜子前，前后左右看个没完，祝冰又拿出迪奥的太阳镜给她戴上，往她身上喷了同一牌子的香水，后退两步反复地打量着，惊奇自己努力的效果，面前的美人神姿艳发，如云出岫。他情不自禁地赞叹："太好了，活脱脱一位高贵女神的范儿出来了！"

他将自己的左臂弯伸到秀禾面前："是挎着我的胳膊，还是让我拉着你的手，咱们到外面走一圈试试感觉。"

秀禾选择了挎着他的胳膊。这样的衣服和鞋一穿，胸自然前挺，腰塌下去，头就仰起来了，双双刚走出院子，正碰上刚从地里回来的两位老人和放了学的孩子们，大家吓一跳赶紧让开路。

祝冰向他们点头打招呼，秀禾故意不吭声，挎紧祝冰的胳膊向河边走去。她越走感到越舒服，胳膊也挎得越紧，紧紧依偎着祝冰，悄声说："这要让你花不少钱，怎么好意思，你给我的卡里的钱还没怎么花哪。"

"为你花钱我心里高兴，没有比这个钱花得更值了。等春种完了，闲下来，你跟我一块回北京，要好好买几件适合你的衣服。女人，特别是像你这样有身材有容貌的女人，如果不穿着适合自己的衣服，不把自己的特长穿出来，就是一种悲哀。"

当他们走到河边再返回来的时候，院子前面站着一群看新鲜的村里人，孙秀禾松开祝冰的胳膊，摘掉墨镜，一双儿女大声喊着妈妈扑过来，她哈哈大笑弯腰将他们搂在怀里。

她的娘抹着眼角进屋做饭去了，女儿不知有多少年没有这么开心地笑过了。她的老伴则在里屋看着女儿的塑像闷头不语，他不知道，女儿的心被这个人搅和活泛了到底是福还是祸。刚离婚就这么张扬，好像多臭美似的，可这个城里人靠谱吗？年纪是不是也有点大？

老太太知道他的心思，走进来低声嘱咐道："你给我打起精神来，在贵人面前不许带相。"

农村历来是把姑爷看作"贵客"的。

"这个人只要让我女儿高兴，我就认他！再说他不是比前边的那个窝囊废强百倍吗？"

老头嘴里哼哼两声，算是答应。

中午吃面条，简单省事，图个吉利。老太太昨天都准备好了，只剩下打卤、切菜码、烧水煮面，这就简单多了。很快热气腾腾的喜面捞出来上了桌子，这也确是一顿喜气洋洋的午餐，卤里全是羊肉丁，真材实料，香气盈盈。

家里增加了一个祝冰，气氛跟往常完全就不一样，首先孩子们打心眼里感到新奇，闹闹嚷嚷。秀禾换上了那一身休闲装，看着格外清爽喜悦。

祝冰大口吃完面条，对着两位老人宣布："老人家，吃过饭我跟秀禾就得出发，后天上午参加口北的一个庆典活动。最晚大后天我们回来。回来后我就不走了，跟着一块种地，等春耕春种完了再说。农闲时二老也可以跟着秀禾到北京休息一段时间，我北京的房子够住的。"

老头抬起头，第一次正眼看着他，似乎没明白他的意思。

祝冰笑了："大叔，我是石匠，还是有点力气的，您看到禾禾的塑像了吧，我是用一整块大理石雕成这样，没点力气行吗?！我是河北阜平人，太行山脚下，小时候种过地。"

老头似乎笑了一下，点点头。孩子一听说祝冰再回来就不走了，兴奋起来，也希望他用泥给自己捏个像……

饭后，祝冰从汽车的后备厢里拿出个大箱子，提到孙秀禾的屋里，对老太太说："大娘，这里边是我的衣服和杂物，回来用的，就不带着了。"

两个人一块上了汽车，老太太特意走到祝冰那一侧，对他说："路上千万要小心，高兴就在外边多玩儿几天，别惦记种地的事，地是种不完的。"

祝冰答应着，启动了汽车，顺坡缓缓而下。

修脚女

　　黄玉秋被请进了上海牌轿车。来接她的市文化局干部，一个劲儿催司机快开。可是市中心这条最热闹的大街，像一条人流满槽的大河，大有街道要被挤破、人流会冲决堤岸之势。汽车顶着人流缓缓而行，躲让行人，还要躲自行车。躁动不安的春天，把生活也搅得躁动不安。人们从家里拥出来，城市拥挤了，街道狭小了。人多不可怕，闲人太多就可怕了。如果闲人口袋里多少还装着点钱，那就更热闹了。不过黄玉秋并不着急，心里倒有一点紧张。她只听说过大头头有了病，派小汽车到大医院去接脑科博士、心脏权威、肿瘤专家等等名人大家去会诊；今天，怎么轮上她这个修脚工坐着小汽车出诊了！

　　她被送到全市最大的那家东方宾馆。她还是头一次进到这里面来，难免有点眼花缭乱，抬脚动步都有点拘束。她不敢东张西望，只紧紧抓住自己的小提包，跟着接她的人上了电梯。在七楼的一个房间里，迎接她的是个俊美的青年男子。演员的年龄不好推断，谁知他是二十多，还是三十多？突出的额头，挺直的鼻梁，最厉害的还是嵌在深眼窝里的那对眸子，又亮又野，盯住人毫不含糊，几乎无情不可传。他向黄玉秋伸出手："你好，我叫郑西宾。"

"她就是全市最好的修脚师傅黄玉秋。"文化局干部替她做了介绍。玉秋双颊泛红，表情腼腆，眼睛躲开了对方的目光，轻轻地问："您的脚怎么啦？"

"哦，昨天感到右脚的大拇指有点疼，我没有在意。今天上午就疼得很厉害了，现在右脚几乎不敢沾地！刚才到医院打了止疼针，不管事。他们叫我住院治疗，先检查脚骨有没有毛病，还要拔掉指甲，至少三个月之内不能演出。可我在这个剧里扮演连斯基，还没有安排B角，一个萝卜一个坑，今天晚上我必须出台，死活也得顶下来，救场如救火！文化局这位老邵同志很热心，建议请您来看一看，反正死马当活马治呗。"从口气里听得出来，这位漂亮的演员并不太信任眼前这个修脚女。

黄玉秋已经猜到舞蹈演员的这双宝贝脚出了什么毛病，叫他脱下袜子检查了一下，立刻松了一口气。说："您得了甲沟炎，里边套脓，当然会感到很疼。修掉往肉里长的指甲边，把脓放出来就好了。"

"什么时候修？"

"您先用热水把右脚烫一下。"

"您说我今晚能上台吗？"

"能!"黄玉秋声音不高,却充满自信。郑西宾到卫生间里去烫脚,老邵到剧场把这一消息通知正在试台的芭蕾舞团的领导,黄玉秋打开提包拿出各种用具。她打量了一下房间,把茶几上的水瓶、茶杯搬到写字台上,将两个单人沙发挪个方向。她做完了准备工作,演员也烫完脚出来了。黄玉秋叫他在沙发上坐下,把右脚放在茶几上,底下垫块毛巾,黄玉秋坐在对面的沙发上,治疗甲沟炎的手术这就开始了。治这种病本不用打麻药,黄玉秋猜想演员都娇气,就给他打了一针。

起初郑西宾不敢看黄玉秋手里的刀子,咬牙闭眼,反正把右脚交给她了。除去打针时有点疼,真动了刀子倒不觉疼。他睁开眼睛,用男人的、演员的好奇眼光,打量着眼前这个修脚女。她有一张朴实娟秀的脸,虽谈不上多么漂亮,但皮肤雪白、鲜润,可能是由于长年被浴池的水蒸气清洗的缘故。神情稳重厚道,眼神温和绵软,透出她的纯洁和善良。风韵天成,招人爱看,且经得住细看。额头眼角已隐约可见岁月留下的细细的年轮,似乎已有三十岁左右了。但她身材修长,腰腿苗条,还完全像个姑娘。郑西宾见惯了文化艺术界和所谓中上层的时髦妇女,更觉这位聪颖娟秀的修脚女身上有一种羞答答的淳朴的美……

黄玉秋像手术台上的外科医生一样,神情专注,仪态动人,她的双手准确而又麻利。她修治过成千上万双脚,有小巧的、丰满的、秀丽的、结实的、玲珑的,宽大的;也有丑的、臭的、发炎的、畸形的,五花八门,奇态怪样。一般讲,容易得脚病的是老人、纺织女工和长年累月穿着大头皮鞋工作的炼钢工人。她为芭蕾舞演员修脚还是第一次，这双脚多么健美有力，富于弹性。人们一般都认为脚是臭的，是丑的，不能摆上台面的。而舞蹈演员的脚是可以举过头，在大庭广众之下让人们从各个角度观赏的，是艺术的一个组成部分，它表达了美。郑西宾先是觉得右脚大拇指微微有点麻胀，渐渐觉得轻松起来，全身传遍一种似痛似痒的快感，他低头一瞧，嵌进肉里的指甲被修掉了，积脓放出来了，他立刻涌起一种欲望，想站起来试试这只脚。但他没有动，他的眼睛被黄玉秋的一双手吸引住了，那窄窄的细长的手掌，浑圆而轻柔，十指纤纤，匀称而丰满。这是一双有着古雅美的秀手，在他的脚背和脚趾上滑动，如同音乐家的手在琴键上滑动一样，温柔灵巧，把修脚女的内在美和外表美协调在一起了。被这样一双手修脚简直是种妙不可言的享受。郑西宾像任何一个碰上了好医生的病人一样，对黄玉秋充满了感激和敬重。

"您站起来试试。"黄玉秋在他的大拇指外面薄薄裹了一层纱布。

"这么快就好了?!"郑西宾小心翼翼地把脚放到地上，轻轻蹾了一下，没有感到疼痛。又用力踩了一下，有点疼，但完全可以忍受。他一阵欣喜，舒展双臂，抬腿踢脚，在房间里一连串做了几个舞蹈动作，轻松自如，矫捷雄健，然后收住式子，心头冲动地抓住黄玉秋的手："太好了，晚上的演出绝对有把握！谢谢您，您是我碰到的最最出色的外科医生……"

黄玉秋神情慌乱，满面飞红，她治好过许多脚病患者，还没有人对她作过这样真诚而热烈的感谢。她也从没有和一个青年男子这么接近过，而且是在这样豪华安静的宾馆里。她心里泛起一种从未体验过的兴奋，却又感到有点紧张。她想把手从郑西宾的双掌里拔出来，可是对方握得很牢，嘴里还在滔滔不绝："您这双神仙似的妙手，是艺术家的手，是魔术家的手，可以和任何伟大的舞蹈家、演奏家、外科专家、雕塑家、绣花女的手相媲美……"

黄玉秋并没有完全听清他说的什么，但看见他那双令人惊奇、感人至深的眼睛里，充溢着男性的热情和温顺，充满着生命的力量，他的脸这样年轻，这样生动。到底是著名的芭蕾舞团的演员，感情丰富而热烈，而且表达得淋漓尽致，且不做作。他讲到激动处，竟毫不生硬地把唇凑到黄玉秋尖溜溜的指尖上。吻了一下，就像连斯基吻奥尔伽的手一样自然而合乎情理。黄玉秋却像被火烧了一下，慌忙把手抽了回来，她身上微微发颤，整个人都像被火烧着了一样，一句话也说不出来。她的惊慌失措使郑西宾一下子清醒了，站在他面前的是个浴池的修脚工，她不会拒绝，也不会忘记这一吻的。她同自己生活圈子里的那些女性是不一样的，那些女人不会计较这种事，也不会记住这种事，逢场作戏，哈哈一笑。他忙用抱歉的口吻说："对不起，我这个疯子可能把您吓着了，请别见怪。我实在不知怎样表达对您的感谢。"

他从柜子里拿出巧克力、苹果,送到黄玉秋眼前。黄玉秋不好意思。他又为她冲了一杯热腾腾的麦乳精。人家真情实意,她不能不喝。自从她当了修脚工以后,就没有用别人的杯子喝过水,自己不嫌还怕别人嫌哩!前些年她回到家里,连弟弟妹妹也不许她盛饭摸菜、动用别人的碗筷。成天摆弄别人的臭脚丫子,多恶心人!今天,这个大演员却这样高看她,叫她感动,叫她感激,她不知该如何是好。郑西宾要留她在宾馆吃晚饭,她高低不答应。郑西宾为不能留住她感到十分惋惜,最后他拿出两张票子:"晚上无论如何请您看我们的演出,有您在,我就放心了,万一脚再疼起来,您好给救急。"

黄玉秋笑了,这笑容表示绝不会发生像他说的那种事情,但她还是接受了一张票。郑西宾一怔:"为什么不带您的爱人或朋友一块来?"黄玉秋脸一红,只摇摇头,回身拿起自己的提包告辞了。郑西宾心里赞叹:真是个老实姑娘,这么难得搞到手的票子她为什么不都接过去?即便没有爱人也还可以送给别的人嘛!

玉秋以前看过芭蕾舞,对这玩意谈不上喜欢,也不能说不喜欢。今天晚上这场《奥涅金》,却看得她情绪激荡,心里很不平静。她同情连斯基,为了那个有点轻浮的奥尔伽竟想和奥涅金去决斗,两个人还是朋友哪!生活太不公平,太反复无常了!她不喜欢那个自命不凡的奥涅金,狂傲自大,姑娘们却喜欢他，连达吉雅娜都没命地爱他。社会就是这么势利，人的眼睛就是这么浅薄，只看得见那些喜欢自我吹嘘的人，而忽视了默默地为大伙献出一切的人。她忽然为自己的命运感到委屈。七年前，浴池的头头要"反潮流"，却选中了她们三个刚上班的女服务员学修脚，那两个姑娘有门路，一年不到都调走了，就把老实厚道的黄玉秋甩在了修脚室。受了多少欺侮，听了多少闲话，连个对象也找不上！有些好心的大爷大娘，被玉秋治好了多年的脚病，心里感激她，喜欢她，愿意把自己的儿子介绍给她，却遭到儿子的嘲笑。而这个高雅英武的郑西宾却不嫌弃她，下午还抓起她刚修完脚的手就亲。黄玉秋的心又跳得紧了，被郑西宾吻过的右手有点麻酥酥的，她情不自禁地抬起右手，轻轻放到了自己腮边，一股暖流从心头流过，当她突然意识到自己这个动作的含义时，便又赶紧把手垂下了。尽管周围一片黑暗，她却双颊火烧火燎，双眼也再不敢斜视，紧紧盯住舞台……郑西宾的身材那么好，双臂双腿那么匀称，那么健壮有力。一举手一投足都满带着感情，挥洒自如，风度翩翩。黄玉秋觉得自己好像爱上了芭蕾舞，陶醉在一种美的境界里，这真是一种美的艺术。每一幕结束，观众都如醉如痴般地鼓掌。当个演员多美气，一辈子接受多少赞扬、多少尊敬！世间凡是有一技之长的人，都被称作"专家"，受到另眼看待。唯独干修脚这一行，谁掌握了这门技术谁倒霉。对一个女修脚工来说尤其如此。人们离不开它，却又厌恶它！有谁像她这样生活的呢？她似乎还从没有认真尝到过青春的欢乐呢！她不串门，不交朋友，不愿到热闹的地方去。她怕交谈，尤其怕谈起职业，怕姑娘们凑在一起谈起找对象的事。她渴望找到一个朋友，她也知道自己长得还不算难看，而且不计较男方的长相，只要心好，不嫌弃她就行。然而社会上有"剩女"没有"剩男"，何况她是个修脚女，不剩她剩谁?! 但是干起工作来她又不是全无兴趣的。起初她通过修竹竿练修脚技术，整整修掉了三大捆竹竿。如果把修脚这一行挪到医院里去，她就像郑西宾说的是个出色的外科医生。要说脏，还有比医生护士的手更脏的吗？可有人敢瞧不起医生护士吗？巴结还来不及呢！人身上有多少器官，医院里几乎就设立多少病科，唯独没有"脚科"，好像修脚的天生就是下九流！社会越是这样不公平，她把自己的心就包得越严，歇班躲在家里，上班蹲在修脚室里。说也奇怪，她只有走进修脚室以后才感到自在一点，身上那种无形的压力才有所减轻，感受到了做人的价值和尊严。那些各色各样的脚病患者龇牙咧嘴地走到她的跟前，把身上的粗相、俗态都收敛了一些，有求于她，对她尊重又客气，甚至仰起了媚脸。当然也有些"下三烂"式的男人，一面非要找她修脚不可，一面还说些下流话找她的便宜。因此在修脚室工作时，她柔和的目光中藏着自傲，温存羸弱的神情下有坚强的自尊和防卫森严的意志，在她身上散发出一种使人不敢小瞧她的精神魅力，这魅力似乎可以触摸得到。这是一个大姑娘本能的自卫，防备自己的心不要被生活的轮子碾碎。然而在心灵的痛苦面前，人人都是怯懦者，她宁愿一个人承受各种各样的寂寞和痛苦，长期地忍耐。有谁能够理解一个大姑娘内心深处的寂寞呢？生活是终身的长跑，只有生命终结，才能到达终点。社会太强大了，传统太强大了，一个姑娘善良的意志力又能支持多久呢？她的青春在悄悄逝去，任何错误都可以原谅，青春可追不回来啦。突然，她觉得自己的眼角流出一串凉浸浸的眼泪。一声枪响，连斯基在和奥涅金的决斗中意外地死去了。她心里猛地一颤，把思想收回到剧场，却没有去擦拭眼泪，任它悄悄地流淌……

演出结束以后，观众一次又一次鼓掌，演员一次又一次谢幕，演员的队伍里却没有郑西宾。原来他拉着导演来到黄玉秋的座位前，当着满场观众，再次向她表示感谢！这是多么周到的礼节，对于一个修脚女来说是多大的荣耀！当郑西宾送她走出剧场，跟她握手告别的时候，她突然说："明天上午，如果您感到脚不舒服，请到浴池来，我再给您检查一下。"

"好的，谢谢，你太好了！"

黄玉秋一说完就后悔了，这算什么？这根本用不着。时间长了不敢打保票，一两年之内他的脚不会再生甲沟炎！我这是干什么呢？想再看看他这个人，再摸摸他的脚？听他说几句叫人动心的话？还是想再让他吻一下手指？最后他说"你太好了"，是什么意思？而且没用"您"……

她生了自己的气，夜里连觉都没有睡好。

树精

毁坏一件东西总是能给人以刺激，甚至是快感。

设想一下：偌大的一片厂房，眨眼间被夷为平地 —— 那该是多么的痛快，多么的过瘾！

轰轰隆隆……推土机、挖掘机像在交响乐的伴奏下开过玉龙河大桥。挖掘机手远远地就看见了康丰面粉厂门前的那棵大龙爪槐 —— 那是康丰厂的标志。在"文化大革命"以前的每一个面口袋上都印着这棵龙爪槐的雄姿，有一度还作为整个城市的象征，出现在中央电视台的气象预报节目里。

再过一会儿，挖掘机的铁爪就要把这棵著名的大槐树放倒。那将是何等的壮观、惨烈！

龙爪槐四周聚集了几百号看热闹的人，这让高高在上的挖掘机手抑制不住地兴奋起来。他扳动把手，铁爪从老远就举起来了，直奔大槐树冲过去。人群随即像流沙一样朝两边躲闪……挖掘机的铁爪已经够得上龙爪槐了，机手刚要推动闸杆狠狠地向大槐树的根部挖下去，忽然像断了电一样，铁爪高高地停在了半空中……

就在这一刹那，挖掘机手在退走的人群后面，看见有位老人盘坐在大槐树下。上身雪白，白头发，白胡子，白色的中式对襟小褂，下身是黑色灯笼裤，脚蹬黑沙鞋，在龙爪槐下盘膝而坐，双目微闭，周围一片沉寂。挖掘机手吓出一身冷汗，挖倒大树很刺激，若是砸死了人可就不那么好玩儿了！

大槐树枝叶繁茂，干如虬龙，蓬蓬乍乍地护住了厂门口。康丰面粉厂紧挨着玉河河沿，别无道路可通，后面的推土机、打桩机、汽车等等全都跟着停下来，塞满了桥，堵住了道。

施工队长跑到前边来，弯下腰连喊了几声"老大爷"。龙爪槐下的老人不睁眼也不吭声。施工队长伸出手到老人鼻子底下试了试，觉得还有气息，便想动手拉开老人，立即有人在旁边喝住他："你敢动老大爷！动出个好歹你负得了责任吗？"

施工队长停住手，忙问："这是怎么回事？"

旁边的人指点他说："在这儿还没有盖面粉厂的时候就有这位大爷了，这个厂是光绪三十年（1904年）建的，你算算老人有多大岁数了？你不就是个带头干活的吗？趁早别蹚这股混水！"

施工队长听出这里边有事，就不敢造次，派人去把开发商喊来了。

开发商一见这阵势，也怕闹出人命，赶紧又把面粉厂的厂长找来。厂长四十多岁，满面凄苦，蹲到老人跟前轻轻呼唤：

"唱大爷，我是小武呵，武德顺，您睁开眼看看。"

老人睁开了眼，却依旧不说话。

武厂长继续说："我知道您对厂子有感情，我也不愿意走这一步，可又不能老是这么干耗着啊！千八百号人快半年了发不出工资，您叫我这个当厂长的怎么办？能想的招儿都想了，全不灵，眼下就剩下卖地皮这最后一步棋了……"

老人终于开口了："我就纳闷儿，好好的一个厂子，日本人轰炸没有炸垮它，国民党收税没有挤黄它，眼下是太平日子，出面粉的厂子怎么就混不下去了呢？难道现在的老百姓都不吃面粉了？"

厂长只有苦笑，厂子混不下去的原因岂是三言两语能说得清的？他草草地搪塞了几句就把话又转到正题上："……多亏我们厂的位置好，在市中心，又紧贴着河边，这么好的地段让我们一个亏损的厂子老占着也实在不划算，不如拆了它建个花园小区，那有多漂亮！我们也可以用卖厂的钱还账、发工资、交社会保障金。"

老人叹口气："厂子已败，我管不了，我护的是这棵树，它不是厂子的，当年是我栽的。厂子一没有了，我就只剩下这棵树了，你们卖厂不能卖树，没有资格动它！"

旁边看热闹的人也开始为唱大爷帮腔："是啊，唱大爷没儿没女没家没业，这棵龙爪槐就是大爷的命，你们拆了厂子再卖了树，叫大爷到哪儿待着去？"

开发商很不耐烦地看看手表，好像只有他的时间最金贵，轻声问厂长："这个人过去是你们的老厂长，还是老书记？"

厂长说："那倒不是，唱大爷一直都是一般工人，退休后先烧锅炉，后又看大门，由于没有成过家就一直住在传达室里。他从来没有申请过要房，厂子里也从来没有想到过要给他分房，因为厂子里有规定，不给单身职工分房子。这些天忙忙乎乎地我把这事也给忘了，把厂子一卖可叫老人到哪儿去住哇？"

开发商立即接上嘴说："可以把老头送到养老院去。"

厂长摇摇头："不行，我们试过几次了，长了一个月，短了十几天，唱大爷就不行了，看上去一点精神都没有了，不吃不喝，脸上挂锈，眼看就要出事！可一回到厂子，还住在这个传达室里，吃不得吃，睡不得睡，却没有几天就好起来了，人也立马就有了精神！"

这回轮上开发商摇头了："那一定是养老院的条件太差了，你们就不能找个条件好一点的？"

厂长苦笑着辩解："再差的养老院也比我们厂的这个传达室好吧？养老院里环境好，吃得好，住得好……"

开发商真的听不明白了："那这是怎么回事呢？"

旁边看热闹的人憋不住插嘴了："都到这时候了，你就实话实说呗，唱大爷离不开这棵大龙爪槐，天天跟槐树在一块，不吃不喝也精气神十足，一旦离开这棵树，人就打蔫儿，时间一长就得坏！"

"还有这种事？我不信！"开发商转悠着眼珠子上下左右地打量着唱大爷……

旁边有人生气了："你信不信没有关系，这可是人命关天啊！你仔细端详唱大爷的样子，是不是跟这棵大槐树一模一样？你看唱大爷的胡子和头发的形状，是不是跟这龙爪槐的枝条一个样？唱大爷已经成精了，他老人家的精气神就全靠这棵大槐树给撑着哪。人跟树血脉相通，你砍树就等于是害人！"

开发商嘿嘿地笑了，他是干什么的，根本不信这一套，更不会因为一棵老树影响自己的工程进度。他脑子一转马上便有了主意："这样吧，麻烦厂长先给老头找个招待所住两天，等我推平旧厂房搭起工棚的时候，给老大爷留出一间。将来把小区建好了，在一楼给他一个独单元，算是我送的。这总行了吧？"

老人说："我在哪儿待着都行，关键是这棵龙爪槐，你们想拿它怎么办？"

开发商发狠地说："也给你留着。"

这样一来，连周围的人也觉说得过去了，就跟厂长一块连哄带劝地扶老人上了厂长的吉普车，离开了厂门口。

开发商向挖掘机手使个眼色，也钻进自己黑色轿车走了。

唱大爷坐在厂长的吉普车里，一路上听着厂长在跟车上的另一个人商议哪儿有招待所，这个年头只有宾馆，哪还有便宜的招待所啊！听着听着，老人突然心口一阵绞痛，嘴一张，有鲜血激射而出，直喷到前面的挡风玻璃上！

老人用一只手死命地抓住厂长的胳膊，眼睛瞪着："回去，快开回去！"

厂长恐怖，赶紧命令司机掉转车头。

待他们再赶回康丰面粉厂门口，工厂的大门已经没有了，门前那株硕大的龙爪槐也躺倒在地，身首异处，枝干支离破碎地撒得到处都是。推土机正以摧枯拉朽之势荡平其余的厂房……厂长回头看看唱大爷，早已气绝身亡。

人们一下子围住了吉普车，七嘴八舌地敦促厂长去追究开发商的责任，大家一再告诫他唱大爷就是这棵龙爪槐的精灵所变，可他就是不听，现在可不是应验了！

于是，在玉龙河沿一带很快就传出了关于树精的故事：说老的唱大爷早在许多年前就不在了，现在的唱大爷其实是这棵龙爪槐变的，或者说龙爪槐是唱大爷变的，只要这棵大槐树活着，老人也许永远都不会死……但大树一刨，老人必然即刻毙命！

印度洋暗夜

天空漆黑，硝烟搅动着乌云，海上波涛峥嵘，舰艇在洋面上劈开一道道深沟，炮火连天，烟雾弥漫……急促的电话铃响第一声，他就猝然出梦，尽管感觉像刚刚睡着，却抬身而起，同时把电话抄在手里，这是长期跟海洋打交道逼出来的警觉。电话里传来公司值班员方见惊恐的呼叫：余总，天觉号出事了！"嘭"的一声，脑袋又像许多年前被绷断的钢缆抽上一样，瞬间感到碎裂般的剧痛：说！"船长已弃船。"天觉号翻了没有？即使在这种紧急情况下，他都回避从自己嘴里说出那个"沉"字。"还没有，只说倾斜。"我这就到，立刻通知调度、律师、保险公司、货主……他瞄了一眼时间，凌晨两点二十五分。

以比当年在部队紧急集合更快的速度穿衣出门，却欻然回首又扫一眼自己刚睡过的古旧大床。这是一张确认在上面死过三代人的硬木老床，很费了些周折才买到手。他在部队担任鱼雷快艇艇长时曾险些葬身海底，与许多老水手一样信奉死在床上是最大的福报。能死在床上就是死在家里。转业后一定要买一张在上面死过人的床，睡在上面才心神安稳。他悄无声息地出门走进院子，深冬的夜风迎面扑来，身上一激灵，遂以训练有素的身手钻进汽车。夜半更深，路旷车稀，他的脑子里在飞速揣度着天觉号面临的各种可能，这是两年前花七千多万美元买的新船，从利伯维尔装了散货回国，船上总价值少说也有一亿四千万美元，真若打了水漂儿如何得了！周天远洋公司值班室在经纬大厦的九楼，透窗可俯瞰天津港全景，灯若连珠，色彩斑斓，一座座巨型吊车垂臂而立，显得温暖而宁静。公司的另一艘四万吨集装箱货船正停在三号码头装货，明天就要出发去圣地亚哥。余乾宁进屋直奔侧墙上的巨幅海图，同时对方见下令："打开录音机和录像设备，从现在起，这个房子里的每一个动作、每一个声音都要记录在案。"方见短发方脸，透着一股忠诚干练的精气神，此刻神色高度紧张，利落地打开各个现代音像设备，眼光也一直在跟踪着自己的上司。余乾宁眼波深不可测，里面正在酝酿着一场风暴："天觉号的位置？""南印度洋，东经65，南纬34.5。""水深？""4950米。""有照片或视频传过来吗？""没有。""想办法叫通船长电话……"

　　此刻公司调度易阳春、法律顾问鲁贤，前后脚奔进值班室，却谁都没有说话，一左一右地站在余乾宁两侧。船长的卫星电话接通了，方见按下能录音的扩音键。余乾宁问道：刘洋船长，我是余乾宁，你和船员们怎么样？我们都上了救生艇。是全部吗？有没有丢下的、受伤的？没有。天觉号发生了什么事？我们可能遇上了涌流，一开始船剧烈地颠簸，然后倾斜，我赶紧发出求救信号，随后弃船。倾斜多少度？看不清。余乾宁声调突然拔高了：看不清？风浪大吗？不大，三四级左右。天上有月亮或星星吗？有星星。将救生艇划到天觉号船头，拍一张照片或视频发过来。余乾宁转头看看鲁贤，律师似乎已心领神会，在旁边一张写字台前坐下来，打开自己的手提电脑忙乎起来。此时一个精悍逼人的中年汉子带着一阵冷风闯进来，是保险公司海险部主任王冠时，看上去他比周天公司的人更着急，天觉号投了全险，真出了意外，保险公司要赔偿全部损失，那可不是小数目！他进门后气还没喘匀就问：船怎么样？易阳春迎上去，轻声向他介绍情况……

　　船长的照片传了过来，值班员把它投放到正墙的大屏幕上：沧溟野旷的海面上，映出巨轮黑乎乎栽歪着肩膀的轮廓。余乾宁勃然大怒，对着电话吼道："这才倾斜了十六七度，你就敢弃船啊！从现在起，每隔二十分钟给我传一张现场照片过来。刘船长，你是什么时候弃船的？"大约一个多小时前。"一个小时前倾斜度还小，完全可以挽救！"问题是我们不知道为什么大船会突然倾斜，不知如何挽救？"你还不知道船体倾斜的原因，不知道危险来自哪里就弃船！问一下二副和负责货舱的水手，很可能是装船时马虎，货物固定不牢靠，遇洋流一晃货箱滑动，造成船体倾斜。如果你不急着逃跑，组织船员加固货柜，特别是那几百吨原木，船体完全可以矫正过来。"对方半天不吭声。余乾宁对着话筒继续呼叫："刘洋，听到了没有？怎么不说话？"刘洋声调暗哑，不像刚才那么理直气壮了：您也只是猜测，现在说什么都晚了，即便是那个原因也没有办法了。"为什么没有办法？"余乾宁又喊了起来，"别说倾斜十几度，就是倾斜三四十度，如果是货物滚动造成的都可以挽救，不会有危险。"余总，你坐在办公室下令容易，我这里可是南印度洋，是世界上最凶险的水域，谁在这儿出事都会吓破胆。比起您的船，比起货物，船员的性命更重要！"你吓破胆了？我问你，弃船时带了航海日志没有？"哎 …… 忘记拿了。"什么？你竟然忘了一个船长最基本的职责，无论任何时候弃船都要带上航海日志 …… "

余乾宁越说越气，愤然又坐回椅子上，一双熟悉的柔软又有些粗糙的手从后面掐住了他棱角嶙峋的额头，轻轻在揉搓。他的火气随即压了下去，声调降了八度：黑更半夜的天又这么冷，您来做什么？出了这么大的事我能不来吗？既然一着急上火老伤就疼，还隔着这么远跟船长发脾气，有用吗？余乾宁的母亲早逝，姑妈也是妈。老太太一脸富态，神情劲健，通身上下收拾得干净利索。余乾宁对姑姑没有办法，却可以指挥跟在老人旁边的老婆：快送姑姑回家，要不就先到旁边我的办公室歇着。随后才对老人说，天觉号还在南印度洋上命悬一线，

十万火急,您在这儿会让我分神。老人一听这话立刻顺从地被
佺媳妇挽着向外走,嘴上却说你不发火,我就不搅和你,但我
不回家,就在公司里守着你。余乾宁同时对老婆耳语:抓空回
家把闺女的醒脑器给我拿来,先放到我办公室。黄兰性情端静,
奇怪地看看丈夫,没有吭声。

王冠时趁机问易阳春:天觉号上的船长是你们公司的吗?
易阳春摇头:我们不养船员,船长和船员都是从新加坡船务公
司雇的。他又对余乾宁说:如果这次事故跟船长失职有关,不
仅可以拒付船员劳务费,还可以向他的公司索赔。余乾宁说那
是以后的事,眼下还是救船要紧。转头问易阳春:南印度洋附
近还有咱们的船吗?易阳春摇头:天健号刚到墨尔本,算是离
那儿最近的了。他随即吩咐道,注意过往的商船信息,刘洋既
然发出了求救信号,按国际惯例所有经过那片海域的船都会施
以援手。随即转问王冠时:保险公司在附近的水域有能救急的
船吗?鲁贤和易阳春不经意间交换一个眼色,一齐把目光转向
保险员,见他走到海图前指着天觉号现在的位置,口气犹豫:
我一直在跟总部联系,离出事地点最近的一条船在开普敦,就
怕赶不及 …… 这位经验老到的船舶保险员,虽内心焦急,表
面上却不动声色,还能稳得住神。他来的目的是抓周天公司的
漏洞,抓一个漏洞就可以减少一部分赔偿金。而到目前为止,
余乾宁处理这场事故的举措还没有不当之处 …… 余乾宁示意
易阳春:计算一下,从开普敦到天觉号要多长时间?易阳春小

声向王冠时询问救援船的型号和最大航速，然后到旁边的电脑前去计算。而余乾宁则指着天觉号最新的倾斜照片对王冠时说：如果像我估计的那样，你的船在15个小时之内赶到现场都来得及。易阳春报告计算结果："救援船全速可用17个小时到达现场。"啊……这可就难了！值班室里的所有人似乎都在嘀咕同一个问题，如果天公作美，出事的海面没有变化，天觉号或许还能扛17个小时，但这只是他们一厢情愿的估计。南印度洋被所有远洋船员视为"地球上的外太空，最荒凉的海域"。洋底有十万大山，洋流神秘莫测，瞬息万变。倘若救援船花大成本赶去了，天觉号已无影无踪，那损失又该谁出？谁又敢下这个令？王冠时到旁边跟总部通电话，值班室电话的扬声器传来刘洋的声音：余总，我们得救了，上了一艘希腊货船。余乾宁道，好，祝福你们！请你转告希腊船长，我们公司一定会重谢他，我能不能跟他通话？余乾宁站起来把话筒让给易阳春，自己站到旁边。他们两人是战友，易阳春刚入伍时曾在余乾宁的快艇上实习半年，后来到舰队参谋部当翻译。扩音器传来希腊船长的声音，易阳春代表余乾宁和周天公司再次表达了对希腊船长的谢意，并请教了船的名字和船长的姓名，然后转述余乾宁的请求：根据天觉号倾斜的速度，几乎可以断定是因为货箱移动，能不能请维特船长派船员登上天觉号，协助我们的船员将货箱归位，挽救天觉号。我们一定重谢！希腊船长答应试试。

天已大亮，余乾宁的妻子为大家买来早饭，放在值班室靠门口的桌子上。救船正急，大家似乎都没有心思吃东西。南印度洋上仍无任何消息。清晨上班来的周天职工，一见这阵势都吓一跳，公司总共只有七艘远洋货船，其中四艘是租来的，属于自己的只有包括天觉号在内的三艘，若救不回来，公司真是塌了一角……每个人心里都在盘算这场大难将对公司及个人造成怎样的影响，惴惴不安地坐在工作台前，低首下心地全力倾听着值班室的动静。只有公司财务主管葛英秀，是余乾宁姑姑的女儿，上班来便直奔值班室，把方见拉到一边打听事故的进展情况……仿佛过了一年那么长，扩音器骤然暴响，并伴以刺耳的噪声，值班台上的电脑竟出现了画面。希腊货船上有完备的现代通信设备，借助卫星什么信息都可以发过来。随后就是维特船长的声音，易阳春急速地讲解：他派了自己的大副，并劝解刘船长也愿意一起回天觉号，但气象条件变得恶劣了，涌急浪高，倾斜着的天觉号晃动剧烈，救生艇无法靠近。不用他说，大家从屏幕上已经看到了，南印度洋上也是白天了，但乌云布色，骇浪浮天，救生艇如浪尖上的一只瓢……余乾宁赶忙说，谢谢维特船长，保护船员的安全第一！维特船长反而安慰余乾宁，我们还有机会，等涌浪小一些了再试。值班室门口堵满周天公司的员工，也立刻散去各回自己的工作台。余乾宁示意鲁贤，律师会意，要做最坏的打算了，他端起自己电脑，叫上葛英秀，陪同王冠时走出值班室。许多年来，周天的船投保都是经王冠时的手，他能当上保险公司海险部主任，而且在天津高档小区有套大房子，都不能不感谢余乾宁……于私于公，鲁贤都对这次能得到个理想的赔偿额度有信心。

刚才大家在最紧张的时候谁也没注意，值班室里多了一位陌生的年轻人，衣着合体，姿容俊爽，难得的是没有现代精英人物身上那种盛气，不轻不慢，神情端慎。站在他身后的公司业务员寻机向余乾宁介绍：这位是家安集团的陈总。大家转头注视，他向余乾宁伸出手：余总您好，我是陈厚良。余乾宁由衷地赞叹：陈总这么年轻啊！陈厚良廉静自持，谦谦可近：我什么都不懂，给父亲当助手。易阳春补充道：陈总是留英归来的博士。余乾宁最想有个儿子，妻子却只给他生了个女儿，他对眼前的小伙子越发好奇：读的什么专业？"本科及硕士读的是数学，博士改学经济。"你父亲真是好福气，家安集团做得那么成功，接班人又如此优秀！余乾宁从心里钦羡陈氏家族，你放心，即使天觉号出意外，家安集团的损失我们会补偿的。陈厚良轻叹一声，面色沉郁："余总，这真不是钱的事，我只是心里特别惋惜船上的那些木头，有几百吨奥堪美木，最叫人心疼的是那二百多吨乌木、一百五十吨花梨木，直径大都在一米以上，即便在加蓬那么好的自然条件下，也得需要百年以上才能长那么粗大！"其实他还有些话没说出来，那些木头即使沉到海底也不会腐烂，将来打捞出来同样是宝贝。但南印度洋水太深，海底是另一个世界，打捞几乎是不可能的……他总是心有不甘，甚至有一种罪孽感，却又说不清是谁的罪。余乾宁岔开话题：是不是因为海南黄花梨、紫檀的资源几近枯竭，才跑到非洲去买红木？陈厚良抬起眼睛，极轻微地晃了一下头，似乎是把满腹沉重暂时抖掉了。"是的，加蓬的森林占到国土面积的近百分之九十，跟我们的绿化面积不是一个概念，那里是原始森林，在利伯维尔一下飞机你就会感到喘气不一样了，特别轻松、舒畅。我们在那里买了一千一百公顷原始森林，雇了三百名加蓬工人照看森林和负责伐木。这些原木就是从我们自己的森林里砍伐的。"砍了老树是不是还要立刻栽上小树，以防有一天森林被砍光。"不会的，我们规定只许砍伐直径80公分以上的大树。那儿的树木生长极为茂盛，砍掉一棵大树，周围的树立即争抢空间，成长很快。"为什么不在加蓬开个工厂，省得不远万里往回运木头。"那儿的人文条件、技术环境都达不到办厂的要求。我们在美国有工厂，是面向北美市场的，在意大利有工厂，负责供应欧洲客户。"两个人的一问一答，让所有在场的人都从心里发出惊叹，家安集团最早只是一家乡镇木器厂，如今竟做成了能立足于世界的大企业。

趁这个空当方见走到余乾宁身边附耳悄声说：老太太叫您去吃药。哎呀，老太太还没走？他急抽身想离开，又回头对陈厚良说，陈博士别着急，你有什么要求、什么想法都可以跟我们提出来。还嘱咐易阳春照顾好客人，随后才离开值班室走进处于经纬大厦"金角"的办公室。办公室里间有一张床，还有一个敞亮的卫生间，姑姑却并没有到里屋躺着，而是坐在写字台对面的硬木凳子上，腰板挺得很直。他问：怎么不到里屋躺一会儿？老人从他一进门眼睛就没离开过他的脸：出了这么大的事，我躺得住吗？黄兰为他打开一个大饭盒，两个煎鸡蛋下面是牛肉汤面，还配有一小碟芹菜拌果仁。他顾不得说话，甚至也顾不得咀嚼就先把两个煎蛋吞进去了，然后像往脖子里倒一样，刹那间一大盒汤面也进了肚子。老人见他这股吃劲，心里确实松快许多。余乾宁问妻子：醒脑器找到了吗？黄兰从包里拿出一个两指宽的钢圈，外面墨绿，里圈焊着六个突起的圆钮，据说混合了远红外线的材料，戴在头上能解除大脑疲劳，提高记忆力。这是好几年前女儿升高中时，在车里听广播被忽悠，花六百多元买的，女儿只戴了一会儿，嫌卡得脑袋不舒服就再没有戴过。余乾宁到卫生间对着镜子戴好醒脑器，钢圈上的六个圆钮紧紧扣住前额、后脑以及两个太阳穴，确实觉得不舒服。恂恂然他似乎理解了孙悟空戴上金箍的感觉，想笑却没能笑出来，反而紧锁着眉头苦着脸走出卫生间。姑姑吓得一愣：这是什么玩意，吓人呼啦的，又像当年脑袋被打烂了一样！他没有理会姑姑，从办公桌的抽屉里找出一瓶止疼药，嘱咐老婆：船目前还在洋面上漂着，是好是坏还不知要多长时间才能见分晓，你赶紧把姑姑送回去，就在家里等消息，别再往公司跑了，这儿已经够乱的了。此时听到值班室有动静，他转身跑出去，值班室电视的画面却咔嚓一声又断了，人们回头，见他脑袋上的钢圈也吃一惊 …… 这种时候却不便多问，都以为是他头上的旧伤发作，打上一道钢箍，以防脑袋剧痛时爆裂开来。易阳春告诉他，刚才希腊船长传来信息，现场海况越来越糟，风雨大作，雷电交加，船员们都上了希腊货船，救生艇也收起来了，免得被风浪打走。天觉号倾斜加剧。"这是必然的。"余乾宁左手用力掐着自己的头，"船体摇晃，船舱里的货柜必然向低的一侧滑动，货柜滑动又加剧船体倾斜……"后面还有一句他没有说出来，不发生奇迹，天觉号恐怕没救啦！

希腊船长当然也意识到了这一点，既没有画面传过来，也没有电话打过来，值班室的气氛像冻住了一样，冰冷而僵硬。鲁贤和王冠时也回来了，余乾宁见保险员的脸色极其灰暗，便贴过身子轻轻安慰他：但放宽心，不论有什么问题，周天公司都给你兜着！其实越是遇到大的灾难，越能赢得口碑，国际上的大保险公司，都是在这种时候赔付及时而大度，体现了大公司的实力和信誉。王冠时点头，余总到底是经历过大世面的，对这次事故的处理让我无话可说。在紧张中不知不觉竟熬了一天多啦，又一个夜晚降临，仿佛为了印证余乾宁的话，电视也有了画面，时断时续，并传来维特船长的声音，海上信号很差，他不能继续发送视频信息。刚才大家在那个模模糊糊的画面上也见到了，天觉号已经不是倾斜，而是倾倒，洋面上只剩下半边船体在浮动。它的大限已到，值班室里外静得连喘息的声音都听得到。似乎过了很长时间，余乾宁发声打破了屋里的死寂：阳春和我留下，为天觉号送行。其他人都回家，明天上班来听消息。方见负责送王冠时主任，鲁律师和英秀送送陈博士。

　　一阵骚动之后，值班室乃至整个大楼里又安静下来，两个人坐在值班台前，守着像死机一样的电视，长时间默然无语。为了找点事做，余乾宁让易阳春跟周天公司还剩下的其它六条船联系一下，问问他们的情况，以防"祸不单行"。为等待南印度洋的情况，不敢动用视频，易阳春打了一圈电话，确定各船都一切顺利，他又坐回老战友的对面。见余乾宁依然面色沉重，便打破沉默：想什么哪？余乾宁解下头上的钢圈，揉搓了几下额头重新戴好：等忙过这几天，将这些年你认识的好船长，出色的大副、二副及水手拉个名单，我们还得要有自己的船员。易阳春惊诧："你不是一直主张不养船员吗？这次多亏了这一点，如果是我们自己的船长那就得赔死！"余乾宁摇头："如果你是船长，或者我在船上，天觉号还会出这么大的事吗？"他心绪沮丧，"其实刘洋也是个老船长，没想到他成了老油条，没有一点责任心。现在这个社会能依靠的只能是自己，自己的人，自己培养的人。"易阳春担心他的心绪："你可是死过一回的人，可不能被这次事故打蒙，世界进入多事之秋，在现代丛林里立足，就要学会利用事故，吃灾难。刚才我跟鲁贤商量过，这次我们损失不了多少……"

　　易阳春话未说完，值班电视突然出现画面，南印度洋上雨过云散，风平浪缓。正值午后，夕阳浴波，万顷金光中天觉号只剩下一条白线……两个人悚然起身，眼看着那条白线渐渐消失于海波之下。身后"哐当"一声，余乾宁猛回头，见几个小时前答应回家的周天员工，都站在值班室门外。黄兰扶姑姑来送饭，见这场面受惊，饭盒掉在了地上……

余乾宁盯了易阳春一眼，见对方极轻微地点了一下头，便一言不发地扔下一群发傻发愣的公司员工，径直下楼驱车回家。到家后嘱咐紧随其后赶到家的老婆，不许任何人打搅他，随后就一头攘到床上，呼呼大睡了一天一夜还不醒。姑姑在这一天一夜里却如热油煎心，一会儿推开侄子的门缝瞅一眼，一会儿又逼问侄媳妇黄兰，你确定他没有大把大把地吃了安眠药？黄兰说一开始我也有些担心，但吃了大把的安眠药会吐得稀里哗啦，人被折腾得非常难受，绝不像一般人想象的那样能安安静静睡过去。哪像乾宁这样睡得跟死猪似的。

姑姑却还是不放心，船还没沉的时候他着急，船真的沉了他怎么倒没事了？眼睁睁看着一亿多美元沉入海底，银行贷款怎么还？公司还能不能办下去？这是倾家荡产的塌天大祸，他本该睡不着才对，怎么还会睡不醒？如果不是吞药想死，就是脑子急出了毛病，吓傻了？睡茶了？

……

第四辑

碎思万端

疫情汹汹，闲居在家。操闲心，听闲话，读闲书……有感便记下来，不过是些碎片碎思。

1　新冠病毒之所以令世界恐慌，除去它可怕的传染性和杀伤力，还有一个原因，这是个"封口病毒"。现代人大多都是"话痨"，到处都是喋喋不休，说长道短，电视上、会议上、饭桌上、大大小小各种各样无穷无尽的活动和聚会上……如今嘴巴被捂上，怎么能不憋得难受，特别是西方人。

西班牙加泰罗尼亚电视台前不久播报：西班牙科研人员经过多年研究证实，西班牙人长寿的一个重要秘诀就是："话多"。侃侃而谈或没话找话，表达感情，沟通信息，不亦乐乎！

西班牙神经科学家罗哈斯著文称："西班牙女性一般在一天之内使用的口语单词为1.5万至1.8万个，说话时的舌头运动和对方的情感交流会产生肾上腺素，是提升健康长寿的重要因素。"如果不是这次全球性的疫情大暴发，"到2040年，西班牙将成为世界上人均寿命最长的国家"。

——如果这个观点成立，我为中国人庆幸。因为中国的经典文化告诫人们，说话消耗人的肺气，"日出千言，不损也伤"。人生修为达到最高境界的途径是：生下来用三年学会说话，然后用一生学会闭嘴。

2　《津沽趣谭》载，毛泽东曾看过侯宝林150段不重复的相声，即便是热爱相声的普通天津人，一生也未必看过这么多段的相声，一个"日理万机"的一国首脑，到底有着怎样的"闲情逸致"？又是如何安排自己的时间？他是湖南人却酷爱京剧，与他同时代的角儿，几乎没有他没看过的，李和曾的戏看过多遍。

只是在看了《关公战秦琼》后，毛泽东要求侯宝林再说一遍，可见对这段相声的喜欢和重视。而这段相声并非侯宝林原创，是天津相声大师般的人物张杰尧所创。其艺名"张傻子"，能说429段相声，恐迄今也鲜有人能及。侯宝林根据自己的特长，对《关公战秦琼》做了调整，后来他将在中央电台录音所得的稿酬，如数寄给了张杰尧。

3　四川一山区，突发泥石流，如房子一般大的巨石压下来，丈夫护住妻子，以后背抵挡巨石。当他们被抢救人员挖出来后，无论如何都不能将他们夫妻分开，只能一起入殓。

——如果有来生，他们还会成为美满眷侣。

4　去年国际说谎大赛的冠军是欧洲的一名医生，他讲的谎言是：为一个白痴移植了笑容，于是这个白痴便当上了国会议员。

——这个谎言道出了一个事实：现代人也许真的到了需要移植笑容的地步。科学家们早就发出警告：人类笑得越来越少，最终将退化为不会笑的动物。而人跟动物的最大区别就在于笑，人能笑，而动物不会。

5　新冠病毒让人类分裂、隔离、相互猜疑，而动物却懂得在困难面前相互合作、协同共生。生物学家观测到一个奇观：青藏高原到冬季冰天雪地，鸟无处落脚，老鼠就把洞口弄大，让鸟进来。鸟屎以及鸟去觅食带回来的东西，可以成为老鼠的食物。

6　《今晚报》载文，一位年仅25岁的女士，刚结婚一个多月便发现丈夫精神倦怠，她听人说过吃什么就补什么，羊肾最壮阳，便上街买了六串烤羊肾，让丈夫一气儿都吃下去。那小伙子心里有愧，再加上壮阳心切，哪还敢拂逆新婚妻子的美意？岂料羊肾吃下去以后，该壮的地方没有壮起来，倒把大肠头给壮起来了，顺着肛门蹿稀不止……

这让我想起上个世纪80年代初，编辑和作家的关系极亲密，犹如好哥们。一知名作家年轻时受迫害，社会开放正该享受生活的安定快乐，他却缺少"性福"。我们天津一位编辑到处为他踅摸壮阳药，一时传为文坛上的佳话。

7　"相由心生"，确乎如此。朱德30岁之前，留着浓黑刺硬的短髭，状极威猛，每天睡石床，体如金刚力士。成功发动"泸顺起义"，每战必胜，除暴安良，功德四处传扬。

晚年反而不留胡子，谦恭礼让，样貌祥和，被尊为"红军的良心"。一生喜爱兰花，在中南海自家的院里、屋里养了200多盆不同品种的兰花，后来听工作人员学舌，"养花弄草是资产阶级情调"，立即将兰花送人，谁都可以随便拿，很快就全部都处理掉了。

8　在敌伪政权统治时期，马三立所在的宝和轩老板，在天津首倡演反串戏，让马三立又说相声又演《打面缸》《一匹布》《兄妹顶嘴》等闹剧，红火一时，却仍难摆脱生活困窘。马三立只好还要到别的园子"赶场"。

1940年马三立来到新凤霞挑班的中华戏院，在评戏前面加演相声，在这儿结识了几十年后因演小品而大红大紫的赵丽蓉。

有一天，他说完相声在后台休息，大轴《孔雀东南飞》就要上了，主演兼老板新凤霞饰演的刘兰芝已经扮好了装，刘兰芝的丈夫焦仲卿也上场了，可是演刘兰芝婆婆焦氏的赵丽蓉不知有何急事没有来，新凤霞一看马三立就说："三立扮个彩旦！"

"彩旦"就是恶婆婆焦氏！马三立一句台词不会，却不能拒绝，救场如救火！马三立一边听新凤霞给他说戏，一边化妆，登场一亮相观众就看出这个丑婆子是马三立，他还没张口，台下观众就笑开了。虽然，他台词没有记准，但临时加进的"包袱儿"，获得的笑声喝彩声不断。这场戏演完了，他也与赵丽蓉结了怨，因为他演的这个焦氏，赵丽蓉无法逾越，第二天赵一出场台下竟有人喊："换马三立！"

这等于砸了赵丽蓉的饭碗。

马三立一再向赵丽蓉道歉，想方设法逗她开心，并为赵丽蓉所演的丑角加"包袱儿"……1962年，"摘了帽"的马三立首演在北京长安戏院，赵丽蓉与花月仙每人花10元买黑市票入场，散戏后到后台含泪看望马三立。后来赵丽蓉演小品，里面有些"包袱儿"是马三立帮助加上去的……当时曾有热心人为这二位都丧偶的老人撮合姻缘，可惜他们先后驾鹤西去，未能成就一段人间佳话。

9　我站在新疆魔鬼城中间，心神恍惚，甚至相信世间真的有魔鬼。地理学家告诉我，魔鬼城不过是巨大的湖泊造成的。

罗布泊曾有两三米长的大鱼，可见水有多深、水面有多大，存在了多久！

——人类在大自然面前太无知，太愚蠢，却表现得很傲慢。

10　手机上的消息真假难辨，一个科普类杂志白纸黑字印出来的资料，不知可值得信任？题目是《男性危机》：

1950年代，年轻的义务兵每次射精精子量1.3亿—1.4亿；

2013年，年轻的武警战士一次射精量8600万；

低于8000万怀孕就相当困难，低于6000万，怀孕无望。50年后，自然人口减员50%。

——我无法肯定和否定这些数据，但感觉没有这么悲观，自允许生二胎以来，小区的孩子越来越多，电视新闻报道还有一胎生了八个的。既然药物可以让男性的精子减少，药物也可以让女性多生，或许有一天孩子与精子无关，怕它作甚？

11　日本人角川吉彦，创办了一家"微笑学校"，客户有大型汽车制造商、消费电子制造商、地方政府及一些社会团体，为他带来了丰厚的收入。其实，角川吉彦训练笑的办法很简单，"用牙齿咬住一根筷子，让嘴角高出筷子"。这时，人的面部表情看上去就像是在笑。

——只要能让人看着像笑就足够了。这个窍门的确很绝，咬牙切齿是恨，是狠，心里想的是像咬筷子一样咬住对方，脸上露出的却是笑！这太适用于现代人了，难怪会有那么多人去学这种咬牙切齿发笑法。

12 2020，一串人们不会忘记的数字。3月保定一带刮邪风，铁皮屋被刮到空中乱滚；4月东北从未有过的暴雪封门；5月3日郑州气温高达40.5摄氏度……

—— 历史上也不乏这类天气异常的景象，凡异常都是一种警示。人类的知识是大自然教的，即天法道，道法自然。

13 最近在清晨或午睡后精神最好的时候，读李建军的上下两册大书《重估俄苏文学》。读得很慢，每天只读一章，舍不得读完，希望尽量能更长时间地享受这种精神的轰炸和语言的盛宴。

老批评家阎纲比喻李建军是"中国文坛的一道闪电"。

小说家柳建伟说他是"中国的'三斯基'"，即：别林斯基、车尔尼雪夫斯基、杜波罗留耶夫斯基。

—— 所言不虚。

14 最近报纸上公布了一项调查，很有点意思：

40.1%的人想当官 —— 这个数字恐怕只低不高。

53.8%的人对做官的亲友和同事以职位称呼，如某书记、某局长等等。

67.4%的普通百姓，最恨的是贪官，心里最佩服的也是"官"。

近几年来中国人从上到下、张口闭口都爱谈文化。中国数千年来的核心文化是什么？通过这个调查有了答案

——"官本位"。

15　我一泳友，是个老法官，一肚子杂学，社会上三教九流、五行八作，无不通晓，连他用的掏耳朵勺都是狗鞭做的。有一次审案，警察押着案犯进来，那家伙弯着腰，到了座位前警察让他坐下，他也不坐。我的这位泳友问："怎么啦？"

案犯吞吞吐吐地说："炮打旗杆顶。"

——这像是一句黑话，满场的听众、警察、法官们面面相觑，没人能懂，也不知该怎么对应。

老法官在台上微微一笑："啊，雷击小和尚！那你就站着吧。"

等案子审完了，年轻的法官们围着他询问，在法庭上与案犯对答的那两句黑话是什么意思。他连眼皮都不撩，漫不经心地答道：那家伙是同性恋，成心想考考你们。剩下的你们自己去想吧……

16　去年的这个时候，美国加州亨廷顿植物园里的巨型魔芋（又称"腐尸花"）开花了，吸引了从世界各地赶去要见识一下此花的人，第一天就在这朵花的周围聚集了7000多人！

巨型魔芋为什么会有如此魅力？

因为它被誉为"世界上最大最臭的花"。需经十几年乃至几十年的栽培才能开花，花瓣张开后直径超过1.8米，其花蕊高达2米多，呈紫红色。全部开放后里面还包含有无数小花，漂亮异常。这么壮观的大花却奇臭无比，散发出冲天的臭鱼和腐肉的恶臭，蜂拥而至的赏花人一个个都捂着鼻子，大叫着："好臭！好臭！"

——越是嚷着臭，还越是要闻，越要兴奋地往前挤。你说是花怪，还是人怪？

17　一朋友曾去过南极，告诉我他在南极的大冰盖上看到了10个太阳。

——原来后羿射日，并非神话。

18　读老罗斯福传记有种读武侠小说的感觉。他儿时昵称"泰迪熊"，成人后自称"头号公民"。1898年在美国与西班牙的战争中成为英雄，喜欢被人叫作"上校罗斯福"。1902年救了一头小熊，备受赞誉。

在退出第三次美国总统竞选后，他带着打猎队远征非洲，收获了9头狮子、8头大象、6头水牛、13头犀牛、7头河马、2只鸵鸟、3条巨蟒、1只鳄鱼。

后来还深入亚马孙雨林探险，带一只巨型陆龟，平时充当坐骑，缺粮时杀了熬汤。雨林里的辛塔拉尔部落有食人习俗，祭祀时将在战斗中的俘虏架在火上烤熟。老罗斯福幸好没有成为辛塔拉尔人的俘虏，却被白蚁将内裤啃掉大半，奇怪的是白蚁竟放过了他的命根子。

——这样的人物，你可以喜欢他，也可以反对他，却很难无视他的存在。喜欢传奇是人类的天性，他注定能干一些惊天动地的事情：开凿巴拿马运河、成功调停日俄战争，并因此获得1906年诺贝尔和平奖。或许因对野生动物杀戮过重，天不假年，只活了61岁。

他儿子亚齐给亲友发电报称："老狮子去世了！"

19 《生活时报》曾公布过一项民意调查结果，现代女孩大都钟情于猪八戒。其中未婚女青年被问及这样一个问题：如果让你在唐僧师徒4人中挑选恋人，你选谁？

竟没有一个人要选相貌端庄的唐僧，好像只有女妖精才喜欢相貌端庄的人。难怪现在有许多歪瓜裂枣般的人发大财，并格外有女人缘。

其中有10%的人选强者孙悟空。

17%的人选忠厚诚实的沙僧。

想选择丑陋自私的猪八戒当丈夫的却高达73%！——这或许还说明，许多女人骨子里是喜欢"花心男"，甚至是色狼。

20 美国畅销书女作家丹尼尔·斯蒂尔，曾有过4次婚姻，其中两任丈夫是在监狱里认识的抢劫犯和吸毒犯。据加拿大犯罪学家的一项调查，该国那些在押的罪犯中越是臭名远扬的，越能得到国内一些女性的青睐。名声臭不可闻的重罪犯却能收到慕名的陌生女子的情书，已经屡见不鲜。

犯罪学家认为，这些人想借接近罪犯来寻找刺激。现在都市的文明生活正在不断规范人的经历和想象，人们，特别是女人们想在这平淡无奇的生活中突然增加一张丑脸，或者爱上一个坏蛋，一惊一乍，发一身冷汗或热汗，也可算是一种惬意吧。

21　一个做服装加工生意的老板，曾向我介绍他的第一桶金是在俄罗斯淘到的，那时叫"倒爷"。中俄边境很怪，穿在身上、戴在头上不管，拿在手里俄方则不让入境。他一般是头上戴着十几顶礼帽，身上穿了8件运动衣或穿5件大衣，人如圆球，像马戏团的小丑。海关的人不笑不怪，严肃认真察看证件，让他慢吞吞晃悠悠就过关了。

过关后向俄方海关人员送一件运动衣，自己还剩7件，高价卖出，一身轻松地回来……那时苏联刚解体，物资奇缺，他就这样一趟趟像滚雪球一样，积攒了一些钱。

22　8年前，浙江宁海县桥头胡镇的胡小杰，经过周密策划将其妻胡美娟杀害。分尸后装入编织袋，埋到了村旁的眠牛山上。然后跑到广东给家里寄信，假托胡美娟的名义说在广东打工时认识了一个老板，要去香港定居。他做得似乎天衣无缝，一时还真的骗过了镇上的人。随着时间的推移，人们渐渐地淡忘了这件事，看来胡美娟的冤情真要被压在大山底下了！

今年3月，眠牛山突然山体滑坡，偏偏就发生在胡美娟被埋尸的那一段，好像就是为了让她的冤情能大白于天下。紧跟着胡小杰就被抓走了，令桥头胡镇的人惊诧不已。胡美娟怨气冲天，人忘了，天忘不了！

23　面对一长串公开发表的各级落马贪官名单和原来的职务，我想分一下谁是"老虎"，谁是"苍蝇"。忽然想起18世纪英国诗人W.申斯通在《英国法律评议》中的话："法律通常是这样的网：小的从网里溜走，大的把网冲破，只有不大不小的才被它揪住不放。"

——渔民现在经常使用的叫"绝户网"，无论大小一个都跑不了。能给法律这样一张网的是制度。

24　文化决定一切的时代，最容易形成文化暴力，特别是一场大的灾难之后。多媒体、自媒体以及铺天盖地的各种媒体，正在培养文化暴徒。

——历史证明，暴徒也最容易成为叛徒。

鲁迅对这一现象早有警觉：

"伪名儒不如真名妓。"

"面具戴久了会长到脸上，再想揭下来，除非伤筋动骨扒皮。"

"知识不是力量，智慧才是。"

25　人的生命本身就无比奇妙，发生什么奇妙的巧合都不必大惊小怪。英国著名的喜剧演员莫理斯·巴里穆尔，每次演出后都要谢幕多次。他死后下葬时吊棺材的绳子不知怎么忽然扭了一下，棺材就斜卡在墓穴沿上动不了了。大家把它吊起来，小心翼翼地重新安放，在大家的注视下绳子竟然又扭动了一下，棺材复又卡在墓穴的另一边的沿上。人们只好再把棺材吊起来……送葬的人没有惊慌，大家鞠躬感谢他最后一次谢幕，而后那棺材便平稳地落入墓穴。

——死亡本身就充满悬念和神秘色彩，没有任何一个人能够预先知道自己或别的什么人在什么时候以什么方式死掉，鬼神崇拜就是对死亡的一种解释。

26　目前泰国的大象正遭厄运，因为传言象肉可壮阳。可想而知，阳痿大军一旦红了眼，有多少大象能经得住吃呀?!

27　第一个在天津说相声的"相声祖师爷"朱少文，艺名就叫"穷不怕"。足见当时的艺人无论名头多大，也难以摆脱一个"穷"字。朱少文死后无钱发丧，侯宝林演出完跪在台上为其募捐，才办了丧事。

天津成全了河北梆子泰斗级的人物——"银达子"的赫赫声名。当时的声名似乎不像现在这样能紧密地跟财富挂钩，与银达子齐名的河北梆子演员"金刚钻"，贫病交加，带病演出昏厥于台上，又因无钱医治，惨然而逝。银达子戴孝演出，随后跪倒在中华茶园的大台上，悲痛欲绝，为金刚钻募化棺木，随后还一手料理了后者的丧事。

——类似的义举，以后在天津的梨园界和曲艺界多有发生，渐渐成为一种风气，乃至"行规"。那个年代，大师级的人物，多是正人君子，急公好义，肝胆冰雪。

28　读一本书就是经历一次别样的人生，书读得多就可以拥有多种经历，选择多种人生。不打麻药便可移植生命，将自己的一生衔接前人和古人，这岂不等于丰富和延长了自己的寿命？书实现了人类最大的愿望，使他们短暂的一生得以永恒。

29　新冠病毒在全球肆虐，海外留学生纷纷逃回国内，却一票难求。最可悲的是，西班牙马德里普顿斯大学新闻专业的中国研究生。报载，这个专业共有120名研究生，中国学生102名，占总数的85%，更为奇怪的是这些中国研究生根本听不懂西班牙语。

——你听不懂人家的话，去跟人家学什么？是这个学校的文凭好拿，还是用钱可以代替语言？这不能不激发人们的想象力。这次若是跑不回来，在外边有个好呀歹的，真的是不值。

30　报载，非洲乌干达一名年仅37岁女子，已经生育了38名子女，其中包括6对双胞胎、4对3胞胎、3对4胞胎，剩下的两个是一胎一个。

——贫穷落后，人丁兴旺；发达地区，出生率连年下降。不禁想起曾家喻户晓的名人语录："这个世界是你们的，也是我们的，但归根结底是你们的。"谁拥有青春，谁才会拥有未来。

31　几十年来走山野、访古村，见识了许多奇树珍木，其中有一种神秘的"古树现象"，令人费解。

湖北白水寺有株1800年的黄连树，当初为纪念刘秀所栽，1992年枯萎，村人不忍锯掉。大树死掉两年多以后，1994年纪念刘秀诞辰2000年，乡人举行祭祀活动，黄连树奇迹般复活，至今枝繁叶茂，遮天蔽日。

广东南社村有棵1400年的古榕，立地参天成为该村的象征，1966年"文革"风暴降临时突然枯死。巨榕死了10年之久，"文革"结束后竟渐渐又活过来，不是冒出新枝重新生长，而像昏迷后复苏一样，是整体的复活，树形依然，气象依然。

江西渼陂，村内巷道按八卦修造，用卵石铺就，在村南"翰林第"的大房子前面，有一株600年的古樟树，同根双干，又称"连理樟"。

1930年年底，红军捉住了国民党18师师长、江西"剿匪"总指挥张辉瓒，朱德、毛泽东都下令不要杀他，但在苏区政府召开的祝捷大会上，局势失控，赤卫队员从红军战士手中抢走张辉瓒，当即处决，并割下头颅装进竹笼，放在一块木板上扔进江里，任其顺水漂流，将没有头的尸体就挂在"连理樟"上示众。自那时起，古樟挂尸体的那一边就渐渐枯萎。至今还被称为"连理樟"，却一边生机盎然，一边已干枯。

——宇宙万物都有自己的灵性，即所谓"一花一世界""日暮依木而憩"。凡是生命，就有相通的东西，即便是植物与动物之间也一样，这种相通的东西就是"气"。而树有形，自然有自己的气场，尤其是大树、古树，固聚阳气，护荫地脉，古往今来许多地方以古树为神。有人说我们没有宗教，其实大自然就是宗教。

32　自古秀才怕兵，书本挡不住子弹。美国检方公布了22岁的大学生佩德罗不信这个邪，自信书本定能挡得住子弹。于是胸前抱着本《百科全书》，让女友向自己开枪。他那个女友也是傻实在，枪一响他当即死亡。

33　"山东大汉"一说，有了科学根据，山东焦家遗址的考古发掘，发现了"一名5000年前身高近两米的墓主"，在附近的墓群中还发现了多名人高马大的远古的山东巨人。

科学家解释说，这个地方已经处于农耕时代，广泛种植谷物和饲养家畜，食物来源更丰富和稳定，营养充足，身体素质就更好。

34 美国的一座监狱里曾闹出了一件轰动世界的奇闻，一个死囚犯自称是冤枉的，但没有人相信。他气急了就用手掌拍打牢房的墙壁，那墙上便出现了一个血手印。很快那个犯人被执刑，看守铲掉了墙上的血手印。但几天后在原来的地方又出现了那个血手印，再挖掉，再冒出来……如此这般反复了许多次，监狱上下无不骇然。

有人建议拆掉了那间牢房，待新牢房建成后，雪白的墙壁上赫然又冒出了那个血手印！现代科技高度发达的美国无法解释这一现象，只有重查这个案子，结果却发现那个已经被明正典刑的犯人果真是冤枉的。

35 常有人感叹，现实充满假象，到处都是谎言，有真的吗？智者答：灾难是真的，痛苦从不说谎。过去讲究"百炼成钢"，当下的生存之道是"百炼成精"：

经得起假话，受得了敷衍，忍得住欺骗，忘得了承诺，放得下一切，任凭风吹浪打，我有一定之规。

36 最新发布的《全球法律与秩序》排行榜：新加坡97分

排第一，挪威、冰岛、芬兰以93分紧随其后，乌兹别克斯坦91分排第五……英国排第21名，法国和美国分别位于第34和35名，委内瑞拉仅得44分垫底。

—— 我看到最后松了一口气，有垫底的就好。

37　有一个童话，说企业像一棵树，这棵树上爬满了猴子，每一层的树枝上都有。下面还有许多猴子正往上攀，上面的猴子向下看，看到的全是笑脸。下面的猴子往上看，满眼都是屁股。树上的好果子总是由顶层的猴子先吃，它们吃完了就拉，下面的猴子得到的总是上面猴子的屎。下面的猴子要想挤到上面去，先要用脸贴过上面很多猴子的屁股，能爬多高，取决于它们以脸贴屁股的技巧。

最顶层的猴子不用贴其他猴子的屁股，可是有哪一天，想取代它的猴子会踢它的屁股，将其轰下去。在陷于困境的时候，上层的猴子会折断树枝扔打下面的猴子，下面的猴子再扔打更下面的猴子，猴子们便纷纷往下一层掉，你压我挤，混乱中会有猴子从树上掉下去……

38　成功人士在被采访时碰到最多的问题是：你成功的诀窍是什么？我听到的最聪明的回答是："一半在于接受了诱惑，一半在于拒绝了诱惑。"

39　哈里·G.法兰克福《论扯淡》中说："扯淡的人根本不关心何为真何为假，只在乎自身利益，敷衍塞责，有口无心。或者干脆就是为了逞口舌之快。"

——为什么现在扯淡的人特别多？他给出的答案是："相对于撒谎而言，人们对于扯淡的宽容度更大，扯淡几乎没有风险。"

40　疫情使许多企业经营艰难，有个刚成立不到一年的小民办企业却随机应变，状态不错，墙上挂满各式各样的奖牌和奖状，发奖单位五花八门，落款日期却都在他的企业成立之前。问他这是怎么回事，他很实在："这都是从废品收购站弄来的，给企业撑撑门面。"

——以我说，这些奖牌和奖状就应该属于他，因为他还把这些东西当回事，能够给自己撑门面。这些奖牌、奖状的原主人却视其为破烂，实际也太多太烂，有的还是用钱买的，觉得不够成本费。

41　在崇尚奢侈、浪费成风的社会环境中，无处不在的垃圾箱，常常就是"百宝箱"。一大学毕业生，多次求职碰壁，万般无奈，由捡破烂开始，到自己开了个废品收购站，年收入近百万。

他接受媒体采访时说："我干着别人看不上的职业，却赚着让大多数人羡慕的收入。"

42　现代人喜欢谈论"心理素质","心理素质好"不如根本没有心理素质，即"容物莫若无物，心清不如心轻"。

43　经常在路边下棋的一位闲人，却用哲学家的口吻说自己一生只做了三件事："自欺、欺人、被人欺。"

44　谁是美国最幸福的人？去年《纽约时报》与民意调查机构盖洛普公司联合，在对几十万人进行调查的基础上，制定了"最幸福的美国人"的标准。结果，居住在夏威夷州檀香山的69岁华裔男子阿尔文·王，符合全部条件，成为最幸福的美国人。

其标准是："常住夏威夷，身材高大，年龄超过65岁，已婚并有子女，经营自己的生意，家庭年收入12万美元以上，每天只接很少的电话……"

——不知在新型冠状病毒肆虐之下，美国人的幸福标准可有变化？我也很想知道什么样的人是"最幸福的中国人"？

45　在有可能疫情会长期得不到缓解的情势下，包括有心理学家、精神治疗师、职业顾问和横跨哲学、经济及公共政策在内的6名英国专家，经过对50名志愿者长达3个月的研究，总结出不仅自己获得快乐、还能向身边人传播快乐的"10大秘诀"：

一、在阳台或屋里，用土或水栽种一种植物，每天观察它的成长。

二、每天睡觉前想出5件最值得自己感恩的事。

三、每星期与喜欢的人无论是通过电话还是微信聊天一小时。

四、打电话与久未联系的朋友聊天。

五、每天为自己做件开心的事，并真正享受整个过程。

六、每天最少开怀大笑一次（要去寻找、创造笑的机会）。

七、多做运动，每周至少3次，每次半小时。

八、每天最少向陌生人，哪怕是向在远处或楼下的人，微笑或打招呼一次。

九、消磨在电视机前的时间减半。

十、每天为身边的人做点好事。

—— 此法甚灵，一试便知。若同时不能做到10条，能做到几条就收获几条的快乐。

46　当下的新闻铺天盖地，真假难辨。到底什么是新闻？美国全国广播公司新闻部前主任鲁文·弗兰克，为新闻下过一个定义："新闻是有人想要掩盖的事实，别的都是广告。"

47 泰国色情业大亨朱威·卡莫尔威斯特，金盆洗手要竞选国会一个席位，制作了一份竞选海报，张贴得到处都是，格外吸引人们的眼球：他正抱着一个蹒跚学步的孩子……

无处不在的美国记者感到好奇，问他是什么意思，他解释说："政客就像尿布，需要定期更换，否则就太脏了。"

——意思很明确，他要当新的尿布，替换下已经脏了的尿布。

48 亚历山大·索尔仁尼琴的太太说："亚历山大写《第一圈》的时候没有想到有人会看那本书。"

——我写作的时候常常觉得读者就站在身后，这对我是一种督导，也是动力。似乎也应该不为发表、不为有人阅读，只为现实本身写一本书。

49 媒体公布了现代中国人的10大压力：个人财务，职业压力，责任太多，婚姻，性，健康，孩子，孤独，亲戚，邻居。

——生存离不开的东西都成了现代人的压力，惨哪！就像身上的血，没有压力不行，血压太高也不行，难啊！

50 报载，2018年中国公民出境旅游突破1.4亿人次，境外消费近3000亿美元，继续保持世界第一大出境旅游客源国地位。

—— 2020年正是经济上困难的时候，这笔钱省下了，可是没有人为此高兴。

51　罗斯福逝世后，按美国宪法，副总统杜鲁门履行总统职务。杜入住白宫后即刻召集白宫主要工作人员，对他们说："希望大家留下来为我工作。我有两条要求，一、在我决策前，你们要对总统这个神圣职位负责，讲出你们的真实看法；二、一旦我决策后你们要为我的目标奋斗到底。"

—— 这就是美式的"先民主后集中"，牛！

52　生活必需品的价格，就是社会的心电图。

53　大家都知道艺术创作没有最基本的兴趣不行，什么是兴趣？吴冠中的答案是："往草上浇开水还浇不死。"

—— 真正的艺术家多在苦难中长大，经历心灵和感情的剧烈波动，甚至被置之死地而后生。创新是熬出来和拼出来的。

54　作家分两种：一种是把自己当宝贝，一种是把自己丢掉，又找了回来。

55　"NBA史上最伟大的球员张伯伦，平生睡过2万女人。其约炮和投进球数都创造了人类纪录。"

—— 人们平静地叙述事实，既不炫耀，也不鄙视，这就是美国文化的包容性。再想想不断变脸后像鬼一样的歌星迈克尔·杰克逊，并不影响他巨大的国际声誉；"魔术师"约翰逊，得了艾滋病仍然代表美国参加世界比赛……

56　中国高尔夫是土豪的盛宴。
中国足球是捧着金饭碗讨饭。

57　美国华裔战地摄影记者陈本儒，是一个害羞又对外部世界充满好奇的人，所以选择摄影，镜头挡住了他的脸，又给了他一个大大方方进入外部世界的机会。他说："拿着相机，我可以勇往直前地到任何一个地方，穿越任何壁障。人们看到的不是我这张陌生的脸，而是他们熟悉的相机。"
　　——如今人手一个手机，为了拍下想看到的，也为了遮挡不想看到的，比如需要挺身而出的时候。

58　艺术出于真性情。情怀和境界低下，还想创作出上乘之作，就如同癞蛤蟆想吃天鹅肉。
　　问题是，现在的天鹅肉，好像就是给癞蛤蟆预备的。

59　去年，牛津大学、剑桥大学和英国艺术学会考试局，因出错了考题，被英国资格和考试管理委员会罚款17.5万英镑。他们错在把罗密欧所属的家族写成朱丽叶的家族了。

—— 中国也应该有个机构管管出题的乱象，比如报纸上公开报道的某大学招考研究生的考题："如何在北冰洋向当地人推销冰块？"出题者有标准答案吗？还是脑筋急转弯？去年暑期一小学生培训班的考题："钱可以用来干什么？怎样才能得到很多钱？"三年级的小辉的答卷是："抢劫""放高利贷""当小姐"。你说他答对了，这会培养孩子什么样的"三观"？你说他答错了，错在哪里？

这个出题的人很实在，自己怎么想的，就让孩子帮着说出来；自己想干而不敢干的，希望孩子去干，这是缺多大德！

60　郭德纲大红大紫几十年，长盛不衰，为什么？他是现代社会公共精神疏导大师。经常听他的相声，生死荣辱一切都可以变成玩笑，世上没有值得严肃的事，谁也别把尊严看得太重，说学逗唱，生旦净末丑，神仙老虎狗，生活本来就是这么回事。

61　有人说："人生到下半场，敌人就剩下自己了。"你要想赢得下半场，就允许自己在一定程度上犯错误。

62　中国足球并非从根上就臭，曾经有过血性和信仰。原八一队的左后卫姜杰祥，人称"拼命三郎"，"一钩一铲"两板斧令对手谈姜色变。死前留下遗嘱："把骨灰埋在我曾经为国争光的先农坛体育场和工人体育场的左后卫的位置上，要看着后人怎么踢球，怎么赢外国队，我才能瞑目。"

—— 不知他瞑目了没有？

63　一地理学家反对治沙，其理由是："沙漠就是人的脑门，不该长毛的地方就没有毛。地球也一样。"

64　几十年来我采访过许多城市，自我介绍最简短、又令人印象最深刻的是东莞："近三四十年来，先后来东莞工作的有8000多万人，他们干个四五年就回乡创业、发财、盖砖楼。"

—— 我确实见过一些乡镇企业家，是在东莞淘得了第一桶金或在东莞打过工。东莞是新时期富翁的培训基地。

65　观摩观音山的万人相亲大会，我才知道有一种叫"简单方便女"的姑娘最抢手，每次相亲活动这样的女孩都剩不下。其特点是："一、不扭捏做作，清爽简单，洗完脸一扎头发对着镜子傻笑一下就能出门；二、不拜金，能自力更生，丰衣足食，奉行物美价廉的购物观；三、不复杂，感情经历简单，办事干净利落不折腾。"

—— 这反映了人们对崇尚奢华的社会风尚的厌恶和拒绝。

66　长途飞行，读书读累了我喜欢看报纸上的广告："今日本店的玫瑰售价最为低廉，甚至可以买几朵送给太太！"——这是花店的广告，绕着弯子利用了男人的心思，多损！

"请飞往北极度蜜月吧！当地夜长24小时。"——荷兰一家旅行社的广告。

"先生们，我只要你们的脑袋。"——英国一家乡村理发店的广告。

商品社会，广告体现了商家智趣。可惜，无孔不入、又令人厌烦的垃圾广告太多了。所以，国内企业的平均寿命不及发达国家企业平均寿命的十分之一。

67　在崇山峻岭中看山，要往上看，景在上面。在黄土高原上看山，要往下看，层层叠叠，深沟巨壑，令人目眩。

68　英国科学家阿瑟·克拉克想证实星相学的科学性：自洪荒初开大约有1000亿人在地球上出没，正巧银河系有大约1000亿颗恒星。也就是说，每一个生存过的人，都与天上的一颗星星相对应。人死了，星星还在闪耀。观星相找到与地上活人对应的那颗星星，根据星星的情况断出人的命运。

——他还说，在地球上来来去去的这1000亿人中，死的是活着的30倍，一个活人后面站着30个鬼，都盼着活着的快点死，他好复生。这并不让人脊背发凉，反而觉得有点意思，宇宙乱哄哄像一出闹剧。

遗憾的是世界上最聪明的人、同样也是英国人的霍金死了，不然可以听听他怎么说。

69 一句话现代人常挂在嘴边：时代变了。怎么个变法？考量的标准是什么？ 1000多年前的欧阳修制定了一个标准："书有未曾经我读，事无不可对人言。"

现在的人还做得到吗？ 不管是文字垃圾也好，真有价值也好，书真的如汪洋大海，光是中国的长篇小说，一年就出版七八千部，谁一天能读完二三十部？ 别说一目十行，一目千行也读不过来。

第二条就更难了，戴维·史密斯在《我们为什么说谎》一书中披露："人类的心智和身体里，都隐藏着欺骗，每个人都经常说谎，平均10分钟就说三个谎言。"而嘴上的谎言与其他类型的欺骗是："1:22894，比如假发、假胸、装病、假高潮、皮笑肉不笑，以及赛场上的假动作、学术造假、商业欺诈……"

——现代人不仅骗别人，有时连自己都糊弄，却也不必大惊小怪，这是人类进化的结果。史密斯的书中引用进化心理学的观点："说谎并非特殊情况，而是正常行为，在不知不觉中自然流露的谎言，比处心积虑的狡猾设计还更常见。"如此看来，现代人只能在谎言和欺骗中生活了，不是活得也不错嘛。

当然，这种"不错"，谁知是真是假？

70　青岛刘秀亭，是位老邮递员，76岁退休后还每天骑着自行车到大街上转，不骑车不舒服。他骑车80多年，到94岁才不骑车了。

　　——骑车老得慢，不信试试看。

71　去年，河南农民韩红刚的80多亩萝卜滞销，在地里烂掉太可惜，便决定免费送给城里人食用。他的这一想法在网上一传播，很快就有约3万人到他的地里拔萝卜。让他没有想到的是，自家的红薯因紧挨着萝卜地，也被偷挖走2万多斤，几天的工夫损失数万元。

　　——这就叫买不如拿，拿不如偷，偷不如堂而皇之地连拿带偷。好心没好报的教训，恐怕会让韩红刚以后再遇到萝卜滞销，宁可任其烂在地里，也不会再提供让人烂心的机会了。

72　一次聚会上，两个很体面的年轻人相互作揖拱手，话惊四座："谢当年不杀之恩！"

　　——这当然是一句玩笑，却表达了一个残酷的事实：校园屡爆凶案，从小学、中学到大学，乃至还读完了硕士、博士，竟然没有被杀掉，确乎是一种值得感恩的幸事。

　　几年前南平实验小学一次凶杀案就死了8个、伤了17个学生，云南紫溪中学的李国阳刺了舍友汪磊25刀、许振宇19刀，大学就更多更凶了，连杀4人的马加爵及复旦、清华等名校的投毒案就无须再重提，吉林信息技术学院的赵研，因睡觉打呼噜被室友郭力维杀死；南京航空航天大学的蒋某因未带宿舍的钥匙，被不情愿为他开门的袁某用刀刺死；前不久安徽医科大学一男生，在被称作"天堂模样"的图书馆，被学长用斧头砍死，现场的同学说"是为了上自习抢座或感情问题"；南京大学成人教育学院学生刁爱青，被杀后切割成2000余片，加热至熟才抛尸……并无深仇大恨，行凶手段却极其残暴。

恶念是一种病，会在不知不觉中突然袭来，而且这种病会传染。现代人常挂在嘴边的一句愤懑或质问就是："你有病啊？"要自保首先不被这种"病"传染，还要警惕周围貌似平常的人会突然犯病。

那么，书声琅琅的校园，为什么会有这么多犯罪呢？雨果的解释是："当一个人的心中充满黑暗，他就会去犯罪。有罪的不是犯罪的人，而是制造黑暗的人。"以他的观点，那些杀人者其实也是受害者。

73 贪官谢明中，在牢中接受记者采访，拼命想说得深刻而真诚，以期得到减刑："做官很享受，坐牢很难受。"

——大实话，只是给人的感觉好像还很怀念当官时的美好。

74 一位男科医院的老医生说，他治疗不孕不育大半生，得到的最高荣誉是患者送的一块牌匾，上写4个字："无中生有"。

75 在特朗普上台前，最近的一次美国历届总统排座次，克林顿名列第二，令许多人大惑不解。他出过轰动世界的性丑闻，险些被弹劾，为什么不臭反香？有人给出了一个理由：正因为性丑闻帮了他一个大忙，证明他不阳痿。

澳大利亚悉尼蜡像馆的工作人员抱怨，每次检查克林顿的蜡像时，都发现他裤子的拉链是开着的。原来有许多参观者，其中包括不少大姑娘小媳妇，硬要蹲在克林顿蜡像的前面照相，还要把他的裤子拉链拉开，看看它到底生猛到什么程度。当然，克林顿不是全靠"小兄弟"能干，才排名那么靠前的。他主政时的美国经济和外交，都有可圈可点之处。

76 一资深婚姻专家说，现在征婚成功率很低，跟年轻人的思维和说话习惯有很大关系。卖弄、雷人，条件高得花里胡哨，就不说了，即便条件很低的，也故作惊人之语。有个小伙子在报纸上征婚就只提了两条：一、女的，二、活的。好像条件低得没法再低了，其实都是废话，你找得到一个死的吗？哪个姑娘会喜欢这种条件又差还弱智的？

一对男女见了一面之后，女方不同意，男的则动用一切联系方式进行情话轰炸，其中有一条："自从你不再理我，别人就问我，你的眼球老泡在眼泪里，是消毒哪？"真正的一见钟情，是让平时口若悬河的人能变成哑巴，这种油嘴滑舌的娘娘腔，惹得女方不胜其烦，遂关闭了跟他的所有联系通道。

77 在中国有句话很流行："每个成功的男人背后都有一个女人。"近几十年中国"成功的男人"似乎不少，人们对他们背后的女人却不甚了了。倒是贪官背后的女人，曝光率很高。日前西方媒体评选"全球十大超级富豪太太"，世界首富比尔·盖茨的太太梅琳达，自然名列前茅，理由是："她使丈夫成为慈善家"。

事实的确如此，当盖茨每天忙于堆砌财富时，梅琳达则琢磨怎样使用这些钱，而不是守住它。1999年的一天，她看到一篇关于数百万儿童死亡的疾病的报道，深受震撼，问丈夫："咱们能做点什么？"2000年1月，"比尔和梅琳达·盖茨基金会"成立，让她的想法得以实现。

为什么人们总觉得，"古代爱情故事多，而现代爱情事故多"？

正是鉴于婚姻中"虚"的东西太多，于是连世界最成功的"梦工厂"好莱坞的巨星们的婚誓，如今都变得具体、实在，不再说那些"白头到老""地老天荒""直到死亡将我们分离"等等笼统的老套子。

朱莉娅·罗伯茨给第二任丈夫丹尼尔·莫德写下的结婚誓词就是："爱，支持但是不会顺从（你）。"

另一位大明星桑德拉·布洛克，嫁给一位赛车手时的誓词是："我们的发动机能转，我就能一直爱你。"——这话可有点悬，赛车的发动机不可能几十年不出毛病，说不转就不转了。

对普通美国男女来说，当今正流行的结婚誓词是："我们的爱能走多久，我就有多忠诚。我能爱你直到我们分手，我愿意直到我不愿意为止。"——这真是大实话，给自己留的余地很大，刚结婚却并不回避"分手"这样"不吉利"的字眼。所幸西方人大多相信"恋人的誓言到不了上帝的耳中"。

78 现代商品社会，"浪漫"出了问题，甚至成了紧缺的东西。而恋爱结婚不是天下最浪漫的事吗？但一般人最好不要再谈这个字眼，地球上已无浪漫可言。因为"这个星球上有着太多恋爱失败的人，他们找遍整个地球，也没有碰到合适的恋爱对象"。

英国一家手机应用公司发布，他们正在加紧研发一款星际约会软件，让那些单身男女可以向外星球发出求爱信息，从而有机会展开一场浪漫的星际恋情。

79 央行前行长、全国人大常委会委员吴晓灵说："由于统计的科学性和地方领导干部扭曲的政绩观，应该取消地方政府

GDP 的统计。"

——于是有人进言，根据退休后敢讲真话这一规律，所有人大、政协的代表或委员，一律由退休者担任。

80 "中国有句俗话：'文章是自己的好，老婆是别人的好'。可是对我来说，老婆是自己的好，文章是老婆的好！"

——敢这样公开夸老婆的，不会是一般的好丈夫；经得起丈夫这样夸的，定是世上少有的奇女子。他们是梁思成和林徽因。

81 我一直认为现在的人比过去的人聪明，而且有些聪明过头，人精很多，还有很多正在"精变"的过程中。信手就可举出许多例子，有个漂亮女孩，每次出门手里总会拿着一本书，还不断更换。闺密问她："昨天那本看完了吗就又换一本？"她说："我拿不同的书在手里，是为了搭配我衣服的颜色。"

——妙，用书来打扮自己，何其清雅！就像现在每个城市都在办"读书节"一样。

82 我想到一个题目：《文学的精变》，为了作这篇文章，在查找人的"成精率"时，却意外地发现人并不是越来越聪明，而是越来越笨。国际知名的遗传学刊物《遗传学趋势》近日发表斯坦福大学一项有关人类智力的研究结果："人类的智力水平或许正不断下降。因为人类智力的发展是逆水行舟，不进则退，随着绝大多数人生活状态趋于安逸和稳定，智力上的进步也就戛然而止。"

《科学画报》转载美国印第安纳大学进化遗传学家励克尔·林奇的文章："人类的变异速度很快，个体会发生50—100个基因突变。由于胎儿死亡率大幅下降，有害变异的遗传概率增加了，基因影响大脑活动，基因变异导致人类智力下降。"以丹麦男性的平均智商为例，"在1998年达到顶峰，而后以每10年减少1.5的速度下降。自19世纪80年代至今，人类的平均智商已经降低了13分"。

向我提供这些资料的朋友是位出色的医生，他顺口说出了许多现代人越来越笨的例子：公认的文化经典几乎都是前人创造的，数百年乃至千年以前的经典预见了今天，在今天看来仍然不可逾越。不然怎么会有"温故知新"这句话？毛泽东就曾号召干部们读《红楼梦》，还要读三遍、五遍，落魄的曹雪芹写出了看破世事的《红楼梦》，直到现在，我们生存的世界还和他所处的那个时代大同小异：除了科学进步带我们进入了所谓的现代社会，人性与情感，高尚与卑劣，争斗与和解，喜悦与悲伤，大约都还是原来的样子。

83 报纸上公布了中国10个娶老婆成本最高的城市排名（以人民币计算）："深圳（208万）、北京（202万）、上海（200

万）、杭州（178万）、广州（128万）、天津（108万）、南京（102万）、苏州（94万）、武汉（65万）、成都（55万）。"

——这实际上是10大城市的老婆报价，给人以"穿越"之感，恍若又回到买卖婚姻的年代。

84 近几年油菜花大热，人们千里迢迢跑到西部农村去看油菜花，知道是为什么吗？现在的人们知道自己太笨了，油菜花的谐音就是"有才华"，看看油菜花或许能增加点才华。说到底还是丁肇中总结得好："我所认识的拿诺贝尔奖的科学家，几乎没有在学校考第一的，考倒数第一的倒有。"这不就说明，诺贝尔奖实际上是奖励那些不好好读书的人吗？

不管人类是不是会越来越笨，反正我是被他们说傻了。

85 在我钦服的作家中有陈村，智慧洒脱，语言精到。他说："张艺谋、陈凯歌就是中国电影的一对豪乳。"

86 报载："中国成功男人的金标准是180cm＋180㎡。"前者是身高，后者是居住面积。

我实在想不出也查不到可靠的资料，能证明身高和成功的必然联系，相反倒查到了历史上有不少"大名人"是矮子:《史记》载"晏子长不满六尺，身相齐国"。折合现在的公制，晏子身高应不足140厘米，大政治家曹操"自以形陋"，也就是身材矮小。国际上的"政治矮人"就更多了，路易十四156厘米、拿破仑165厘米、丘吉尔160厘米、亚历山大大帝150厘米、列宁164厘米、斯大林162厘米、赫鲁晓夫166厘米、日本的裕仁天皇158厘米、东条英机161厘米、山本五十六159厘米……

但，在当今世界男人平均身高排在前10名的国家中，绝大多数确是发达国家，180cm以上的只有三个：荷兰（1.825米）、丹麦（1.815米）、德国（1.802米），后面依次是：挪威（1.797米）、瑞典、卢森堡、奥地利、芬兰、英国、罗马尼亚（1.78米）。

你要说身高跟富裕和发达有关，可"老美"这个世界头号发达国家，男人的身高却没有进入前10名。

中国男人的平均身高只有1.69米，低于日本和韩国。但跟中国的人均GDP相比，排名还是更靠前一些。这说明无论是中国男人的身高还是人均GDP，都还有很大的增长空间。

87 如今人人都是摄影家，看见花花草草、山山水水及一切自认为新奇有趣的事物，都要举着手机狂拍一通。日前在一等景区杭州西湖，有一女子不慎落水，岸边有许多游客见此难得一遇的景致，纷纷举起手机拍照……倒是乌拉圭侠女玛丽亚，跳下湖奋不顾身地将落水者救上岸。

事后杭州市政府向玛丽亚颁发见义勇为奖，记者问她获奖感受，她说："危急时刻落水者需要的是行动，而不是镜头。"

她又哪里猜得到镜头后面的微妙心理，手机既是怯懦自私的遮羞布，又是逃避责任的挡箭牌："我在拍照哪，没看见……"或者："我不给拍下来，怎么证明谁是英雄？有些被救的人上岸后就跑了，连句感谢的话都不说，我的镜头抓住了他，无处可躲！"

手里有镜头，任何危难面前都可堂而皇之地袖手旁观。

88　现在的妇女怀孕后要不停地去医院做检查，以排查出不健康的婴儿。有个丈夫是"杠头"，并自视很有学问，对怀孕的妻子道："我提个问题，你答对了咱就去做检查，答错了就不许去做检查。"妻子让他出题，他说："也有一个女人怀孕了，她已经生过6个孩子，其中3个耳聋，2个眼瞎，1个弱智，你说该不该让她去堕胎？"

他妻子毫不犹豫地说，当然该去堕胎。她丈夫得意地说："错！那样就没有后来伟大的音乐家贝多芬了！"他妻子想了想说："那就更应该去做检查，因为贝多芬就一个，不会再有人生得出第二个，只能是悲加忿，或悲多多……"

89　安南在联合国最高职位上摸爬滚打了10年，在即将结束秘书长第二个五年任期的时候，向继任者传授当"地球维持会长"的工作秘诀："一定要脸皮厚，有幽默感，对内、对外都保持笑脸，尤其应该学会对自己笑。才能够与世界各地的领导人交往，并保持工作效率。"

——他把"脸皮厚"排在第一位，你看那些耍穷横被曝光的，有几个能干大干长的？即便能干大，想赢得好的口碑也难。当官甚至不要怕丢人，丢人是成功过程中少不了的，如果谁为此笑话你，你就可以把他从未来的竞争对手名单中删除了。因此，你也不要笑话那些上台丢人的人。

后边的两条："有幽默感"和始终"保持笑脸"最难做到。"幽默感"似乎是当代官员的弱项，如果没有出色的智商和情趣，幽默不好反成笑柄。至于笑得好就更不容易，记得有位知名的电影导演说过一个观点，白种人是两张面孔，上镜容易出效果；而黄皮肤只有一张面孔，拍出好的效果就比较难。"笑"有多种多样，包括强笑、苦笑、假笑、奸笑、皮笑肉不笑等等，笑不好比哭还难看。至于安南说的还要经常对自己笑，没人的时候偶尔为之还可以，如果经常对着自己笑，不是傻子就是精神有毛病……

90　最近"抢银行"这三个字见诸媒体的频率颇高，一则提醒女大学生择偶的帖子里说："嫁大款就像抢银行，收益很大，但后患无穷。"还有，在国内最早从事赴美生子中介服务的赵玲玲说："赴美生子的回报率比抢银行还高……"

——是中介服务的回报率，还是产妇的回报率？抑或是美国坐地收钱的效益？

这些人张口闭口的抢银行，就好像自己真的抢过银行一样。

抢银行在中国是不可思议的事，在美国似乎很便当。美联社报道：美国"神匪老爹"迈克尔·弗兰西斯·马拉，涉嫌在美国13个州抢劫25家银行，而且没有证据显示他在任何一次抢劫中使用过武器。他的邻居格里·亨特说："我们真的不了解他，他妻子总是说他出去了。现在我回想起来，只要他去过的地方，就有银行被抢。"

这可能跟美国钱多、银行多有关系，比较容易培养出抢银行的高手。中国人多，孕妇也多，抢银行不行，去美国生孩子则不成问题，慢慢地或许还能让美国爱上"中国制造"。

91　白石山有一座"骡坟"，被埋在坟里的骡子是为开发这座山活活累死的。是它踩踏出了第一条登山的路，然后又把修路开山所需的石材、水泥、木料、铁件等等，一趟趟驮上山。它无须人牵着，人只要在山下给它背上加满载，它自会负重上山。到山上有人将它背上的东西卸下来，它又自己返回，驮上东西再上山⋯⋯日复一日，年复一年，终于累倒在山上，就没有再爬起来。还好开山的人们疼惜它，就把它埋在累死的地方，立了一座坟，算是对它的感激和怀念。

这在中国的诸多名山中，或许是唯一的一座动物坟。由于中国人只喜欢给宠物取名字，真正辛辛苦苦干活的牲口，被呼来唤去却籍籍无名，这个劳苦功高的骡子坟自然就成了"无名冢"，坟前也没有碑文。许多年后当坟头变小甚至不复存在了，不知还有没有人会记得这头可爱可敬的骡子？

92　美国西部有一座赫赫有名的马坟，150多年过去了，常有人祭扫，那匹马的故事仍然被人们怀念和传颂。它叫"玛姬"，是一匹烈性十足的战马，不惧枪林弹雨，奔跑起来时速可达70公里，触雷身亡后部队为它造墓立碑。

碑文曰："纪念战马玛姬，在它有生之年，参战632次。它生性刚烈，曾先后踢过2位将军、3位上校、5位中校、6位少校、10位上尉、24位中尉、30位少尉、435位士兵和1枚地雷。遗憾的是，这枚地雷不肯原谅它。愿它的在天之灵安息。阿门！"

93　索菲亚·罗兰丢失了一个大钻戒，心疼得竟哭了起来。她的丈夫卡洛·庞蒂开导她说："索菲亚，不要为不会为你掉眼泪的东西流眼泪。"

—— 就凭这句话所体现出来的智慧，就可以知道为什么他能成为这位国际巨星的丈夫。

94　报载："中国伦理学会宣布，将开展中华小孝子培养工程，用五年时间，在全国培养百万4至6岁的中华小孝子。"

—— 再联想到前不久，媒体热炒过一阵的"有计划地培养1000个乔布斯"的新闻，令人骤然对中华民族的未来充满希望和信心！

95　有人刚说完"现代社会99%的东西都能用钱买得到，剩下的1%要花更多的钱"，马上就有人问："美国人的性欲值多少钱？"

人不同，性欲的价格也不同。于是美国学者用开玩笑的口吻询问一个富翁："给你50亿美元，你愿意挥刀自宫吗？"富翁当即拒绝，于是学者得出结论：美国富翁的性欲在50亿美元以上。因为性欲还是促使事业成功和创造财富的重要动力。

—— 这项调查太损了，让每个人都不觉要自问，自己的性欲值多少钱？

96　现代年轻人的聪明机智用来抬杠，也很有味道：

有的家长看到孩子文身发脾气，孩子一句话就没脾气了："有文身的不一定是流氓，他可能是岳飞。"

奶奶喊孙子起床，说"早起的鸟儿有虫吃"，孙子接口说"早起虫子被鸟吃"。

父亲给儿子讲一根筷子很容易掰断，而一把筷子就掰不断的故事，儿子反问："全世界的鸡蛋联合起来，就能打破石头吗？"

老师喊醒在课堂上睡觉的学生："你到这儿来不是睡觉的！"学生反唇相讥："你到这儿来也不是催眠的。"

97 "艺术足球"的发祥地巴西，不声不响地出台了一项阅读措施，其效果立竿见影。"为了缓解监狱系统拥挤的现状，巴西当局出台新政策，囚犯每读一本书并写下感受，可减刑4天，一年最多可减刑48天。"

监狱立刻变成大学校，几乎人手一册。既然整个"监狱系统"都到了"拥挤"的程度，那里面的犯人就不是小数目，这么多人天天在捧着书阅读，一下子把全民阅读的指数提升了一大截。

——不知中国的监狱系统看到这条新闻没有？

98 现在的问题是口号太多、太大，许多年来中国人已经培养出了"口号免疫力"，除去开会时坐在主席台上的人要大讲特讲甚至背诵这些口号，台下的人以及散会后，谁还会认真思考或实践这些口号？前几天刚发表的北京市特级教师王俊鸣先生的文章《关于汉字的"乱"》中，举了几个大口号中的关键的字都写错，让整个口号的意思正相反：

"谁防火，谁坐牢"！

"加速金融扶贫"！

"科学致贫"……这不只是汉字的乱，更是对各种各样的口号不用心，应付差事，变成一种嘲弄。

99 中国游客对美国一家动物园的安全告示非议颇多，那个告示是这样写的："请注意安全，千万不要站在、坐在、爬上或靠着防护栏，如果你不幸跌落，防护栏里的动物可能把你一口吞下。而这将使它们遭受不幸，因为它们可能因此生病。谢谢你的合作。"

——这像什么话？人都被动物一口吞了，不替人考虑反而说动物倒霉，会因此生病，还讲不讲人道？这一点就不如中国，在野生动物园即便是人违反规则被动物咬伤，还可以打官司、要赔偿。

有多事者就这一告示的措辞曾与管理人员交涉，得到的答复是：人要为自己的行为负责，这里是动物园，首先要尊重动物的立场和权益。

100　应约要编本书，书名定为《天下之大》。我庆幸还有好奇之心。好奇才行走、阅读、观察、思索，或惊讶，或感动，或受益，都是一种收获。于是才知天下之大，绝非"小小寰球"。

曾经历过时刻"放眼亚非拉"的虚空，当回归感觉的真实，反而打开了视野，放任好奇心，并记录下自己觉得不应该忘记的感受。这就是我写散文的初衷，如同私人心路的收藏。

101　中国的一位官员参观养牛场，记者拍了一张他和牛在一起的照片，次日见报，旁边有注释："左起第三位是×××主任"。该主任看到照片心里总觉不是滋味，这是把牛抬到跟我一样呢，还是把我贬得跟牛一样呢？

佛曰："众生平等。"

102　有一项社会调查显示："中国有六成职场上的人每天都在抱怨，平均一天抱怨5次。"对比英国的调查，"他们每个人平均一天要花14.5分钟抱怨，相当于一生中要花106天的时间抱怨。"

发达的现代医学对这种现象的解释是：偶尔抱怨可释放情绪和精神压力，对人有好处。抱怨如果成了生活常态，也算是一种慢性病，对身心的损伤不亚于糖尿病与高血压。

103　当今世界上最受瞩目的职位是美国总统，即便卸任了也仍然备受关注。马晓伟在报纸上著文披露，2009年4月30日，也就是白宫易主后的第100天，《巴尔的摩太阳报》搞了个"总统生活大猜想"活动。猜想的主题是：卸任后的布什现在干什么？奖品为劳斯莱斯200EX一部，由eBay公司独家赞助。

有巨奖的诱惑，报纸发行后不到两个小时，各种"猜想"就纷至沓来。由于布什离任后推掉了一切采访，谁也不知道他在做什么。在猜想活动截止的前一晚，报社甚至还收到这样一封"猜想"的信："布什在清理狗的粪便。"

报社没有当回事，起哄或开玩笑的"猜想"太多了，没有一个傻帽会相信曾做过美国一把手的人会干这种粗活。可报社想尽办法也未能打听到布什究竟在干什么，活动结束一个多月了，还拿不出"标准答案"，读者非常愤怒。再拖下去"猜想活动"就有可能被起诉是戏弄读者的骗局。

面对舆论的巨大压力，《巴尔的摩太阳报》的主编已经坐不住了，就在此时他接到了一盘录像带，里面有布什看望佛罗里达州留守儿童的视频，他正对着孩子们说："我养着一条纯种苏格兰犬，它机智、勇敢，人见人爱，就是有一点不好，随地大小便。所以每当逛街时，我不得不跟在它屁股后头，以随时收集它拉下的粪便……现在我做着过去8年里一直不敢做的事。换句话说，我重获了自由！"孤儿们被布什的话逗得哈哈大笑。

《巴尔的摩太阳报》随即公布了"猜想"的正确答案："清理狗的粪便"——没想到，答案一公布人们才明白，这个"猜想"活动是给全世界上了一课：有多少从高位上下来的人，不是像布什一样感到"重获自由"，而是还活在贪恋高高在上的"不自由"的郁闷之中。还有那些放任自己的狗随地大小便的人，不是"牛"，而是"劣"。

104 《河南商报》载文：鉴于当下越来越多的少年"中性化"，男孩子说话轻声细气、忸怩作态，女孩子则大大咧咧、粗犷泼辣，郑州十八中学试行新校规。其中"阳刚男生"的标准有28条，"秀慧女生"的标准是20条，并评出了22名"阳刚男生"和22名"秀慧女生"。

　　——这种现象自古便有，于今为烈。帮助刘邦成就霸业的张良，就是"状貌如妇人好女"。古希腊的斯巴达人以阳刚著称，母亲给刚出生的婴儿用烈酒洗澡，如果抽风或失去知觉，就证明体质不好，任其自生自灭 …… 如果说古代还"顺其自然"，现在的"中性化"，除去极个别的生理因素，更多是为了适应社会的变异需求。有些当红的女明星，最初就是靠"中性化"一举成名，短发男装，精干飒爽，男观众喜欢，女粉丝更多。

　　105　每到年底网络及各种纸媒都要进行流行语的评选，2018年最凄苦的一句话是："儿啊，娘好想成为你家的那只狗。"

　　106　在一个电视相亲节目中，北京一位女硕士的征婚条件中有一项：男方必须父母双亡，并公然宣称："全世界那么多男人，我就不信没有成年后死了爹妈的。"

　　——这么狠，看来"新人类"已经诞生了。此女嫁给孙悟空最合适。

　　107　"为草根阶层量身定做的色情画报"——《好色客》的创办人拉里·弗林特，被激进主义者弗兰克林用来复枪把肠子打开花。弗林特却大难不死，只不过"从此坐上了金轮椅，腰部以下都丧失了活动能力"。

——听到他的故事的人，似乎脑子里都会冒出两个字："报应"。

且慢，他坐上轮椅后，故事才刚刚进入高潮。好莱坞以他为原型拍摄了电影《性书大亨》获得了柏林电影节最佳电影金熊大奖。

人们不都说"政治跟性分不开"吗？他还是坚定的民主党人，而且利用"性"搞政治，跟他同是一个党的克林顿和莱温斯基的丑闻爆发，眼看总统要当不成了，弗林特站出来悬赏100万美元，只要能证明自己曾与现任国会议员或政府高官有过婚外情，就能得到这一大笔钱。结果共和党议员鲍勃·巴尔与亨利·海德被揪了出来，政府发言人罗伯特·利文斯顿也中弹了……大家彼此彼此，克林顿最终也过关了。

2003年，弗林特宣布竞选加州州长，他的竞选口号竟然是："请用真心投票给这个脏贩子!"这当然是指他自己是个"色情贩子"。由于他是当地最有钱最出名的参选人，一路呼声还很高，若不是后来施瓦辛格意外参选，他说不定就真的弄个州长当当。

108 好莱坞著名电影导演李安，在其自传《十年一觉电影梦》的推销会上说："我很相信男人的内在是女人，外在是男人；而女性是反过来的。所以在我的电影里，做决定的常常是女人。"

在现实生活中也一样，他承认自己做不了决定的时候，是他的太太帮他做 —— 哦，原来他的成功也得益于世界性的"中性化"潮流。

109 《纽约时报》在全球评选"十大金句"，沙特王宫的外籍教师弗兰西斯·霍勒的一句话当选："只有真正快乐的男人，才能带给女人真正的快乐。"

按理说这确是一句好话，她却为此丢失了一百万英镑。那一天她的学生 —— 王宫的公主们请教她一个问题："谁的妻子最快乐？"公主们见惯了国王的妻子、富翁的妻子、政治家的妻子以及诗人的妻子等等都不快乐，所以她们认为农夫的妻子最快乐，想从老师这里得到"正确答案"。结果她说出了上面的"金句"。随即被王宫解聘，那一年她的工资是当时英国首相的4倍。

110 报载：张奎的妻子吕凤双因工伤成植物人，3年后工厂倒闭，医药费无处报销，好哥们劝他放弃。他说："她对我是真好啊，我出差在外，她每天炒菜都给我留两盘，一直留到我回来。我问她这不都放坏了吗，她说菜放在桌子上，就像你陪我们娘俩吃饭一样，我心里安生。兄弟，这样的媳妇我能扔了吗？"

为激活妻子的神经，张奎每天用苦胆、大料、麻油、辣椒末等等，涂抹妻子身上最敏感的地方，有次涂抹到脚心似乎有点动静，从此他开始用牙咬妻子的10个脚趾。一天无数次，一次无数遍，连医生都嘲笑他。咬了10年，妻子醒了过来，"眼睛里放出烈火一样的光芒，流淌出泪花……"

——所谓"神仙眷侣"，不一定都是春风得意、快活逍遥，张、吕二人就是人间佳偶。

111　当今官员的学历大多是博士、硕士，本科已经很少了，这些文凭是怎么来的，大家心知肚明。偏偏有的人不识趣，还要假戏真唱，比如西北五省党校研究生班毕业考试的监考老师，发卷前一本正经地宣讲考场纪律……

陕西乾县科技局局长王显亮，受不了这种假模假式，突然爆发，破口大骂："这是啥考试，还弄得跟真的一样！我掏钱买文凭，你有啥资格管我！"

——王局长发飙是有道理的，交易有交易的规则，你不能收了人家的钱，又破坏交易规则，把堂堂正科级甚或是副处级的局长当小学生一样训。

112　我看电视有个坏毛病，喜欢不停地切换频道，有时碰上明星接受采访会多停留一会儿，他们都是人尖儿，有时会冒出一两句惊人之语，甚至会听到个有趣的小故事。有一次听歌星韩红接受采访，她去一个收费厕所，被看厕的大妈拦住，她略带不屑地反问："你不认识我？"

大妈连头都不抬："不认识。"

"我是韩红。"

大妈仍然不抬头："那又怎样？不管你是谁，也不会用第三种姿势上厕所，交钱吧。"

这个大妈真厉害，"第三种姿势"是什么姿势？韩红深受教育，如厕出来后向大妈深深一躬，知道自己无论到哪里都只是一个普通女人。

113　王女士一退休就迷上了广场舞，天天不着家，还隔三岔五地跟着舞伴外出旅游。有人问："经常把老伴一个人丢在家里合适吗？"

她说："守着他更烦，活到这把年纪还不如一件毛衣会放电。"

——"夫妻本是同林鸟，退休以后各自飞。"但，经常带电作业，小心中雷。

114　城市大了，人跟人、心跟心之间的距离也远了。

115　统治也门33年的萨利赫，却说自己是"在蛇头上跳舞"。

在位"33年"——在现代世界政坛上是个创纪录的数字。

朝鲜的金正恩可谓是在导弹头上跳舞，不知能否追赶乃至超越萨利赫的纪录？

116 常德是个很有意思的城市，正处在中国南北的结合点上。北方人到常德，能听懂70% — 80%的当地话；南方人来常德，也听得懂70% — 80%的话。

—— 所以，常德人被称作"湖南的犹太人"。

117 戊戌年冬月，成都华希昆虫博物馆收到吉尼斯世界纪录的官方认证书，该馆此前在青城山发现的一只巨大的蚊子，被确认为世界上最大的蚊子。这只蚊子的腿伸直达到25.8厘米。

—— 正常成年男人的拳头是10厘米宽，两个半拳头，跟鸽子差不多长，被这样的蚊子叮上，岂不是跟遭遇吸血鬼一样可怕？消息一发布，人们的议论也跟上来了：这只蚊子是哪儿来的？是智能蚊？是从外星球来的？还是从日本福岛或俄罗斯切尔诺贝利飞过来的？

如果是吉祥之物，越大越好。偏偏是吸人血的东西，不能不让人多想……

118 梁木祥，人称"阉鸡木"。身怀祖传的三样绝技：阉鸡、阉猪、补锅。养鸡、养猪的专业户越来越多，有的鸡场有几万只，他一干就是半年，最多每天可阉鸡300只，每只"阉费"1元。他就是靠这三门手艺，家里盖起了新楼。

他大概不会被电视捧为"大国工匠"，但他是目前中国最稀缺的工匠。有他挑着担子走乡串户，农村就有活气、有生机，鸡和猪被阉时的鸡飞猪叫，是田园交响中不可或缺的高音。

119 去年春节前后，三个贼代表了东北、华中、华南三种不同的偷盗与抢劫风格。

沈阳的张某，一夜之间在两个相邻的小区砸坏了37辆汽车，总共只盗得现金500元，30个小时后被抓——砸这么多车，真要费点大力气，平均每辆车里只有十几元钱。现代人如惊弓之鸟，谁还把大钱放在车里？

武汉徐先生和姐姐路遇劫匪，劫匪从两人身上只搜出160元现金，然后掏出手机，让他"用微信扫码支付"！

徐先生问："扫多少？"

劫匪答："微信里有多少？"——抢劫进入智能时代，不要以为不多带现金就能减少损失。

广州一对新婚夫妇，收到一个迟到的红包，里面有两张刚上映的电影票和一张纸条："猜猜我是谁？"两人百思不得其解，为不辜负朋友好意还是去看电影了。等散场回到家，发现贵重值钱的东西被洗劫一空，桌上又留了个纸条："猜到我是谁了吧？"

——这个小偷还可以去当导演，编电视剧。

120 普通人"读脸"，运动员"读尿"。所以必须到指定的餐厅吃饭，否则不知哪一口吃错了，尿检不合格，成绩无效，甚至连参加比赛的资格都没有。

121 2014年5月30日，台湾"总统"马英九，到屏东县一个村庄探视112岁的鲁凯族人瑞彭玉梅，老人送给马"总统"一条亲手织的背带，并把马英九当儿子一样看待。马英九非常感动，想亲吻老人，却被婉拒，老人面露羞怯地说："我的身体除了丈夫外，没有被其他男人碰过。"

——在不知羞怯为何物的现代开放社会，这位112岁的女士的羞怯，是何等可爱和珍贵。应该载入吉尼斯纪录。

122 千万不可把官场的假话、套话视为一种愚蠢。古人讲，智可及，愚不可及。愚是不可测的。

123 英国一男子，把每天都当成感恩节，12年里吃了4000多只火鸡——他一出门，行人纷纷避让，因为他身上散发出强烈的鸡屎味，并为此上了《世界脑残大全》。

124 女儿突然亡故，老太太交费保留了女儿的录音电话，每天照旧给女儿打电话，也依然能听到女儿的声音："对不起，我现在很忙，有事请留言。"

老人也总是对着电话说："好，你先忙，妈妈明天再打给你。"

—— 这样能缓解老人的疼痛，还是加剧？世上有一种痛苦是无法排解的，有一种途径就是把短痛变长痛，让疼痛达到极致，一点点仔细品尝，或许能让创痛慢慢结疤。

125 一书法家，每天都要在太太画好的格子里写字，每个字都要写在方格的中央。他说："找到了限制，就是找到了自由。"

126 北京一位厅级干部，只身调拨到天津当文化局长，常常睡到半夜惊醒，迷迷瞪瞪不知身在何处。渐渐养成一个习惯，睡梦中会突然伸手往旁边摸一下，摸到人就是在家，摸空了就是在天津。

几个月后回家探亲，一晚上把老婆打醒好几次……

127 昨天的新闻：一女子卧轨，地铁司机见状心脏病突发，猝死。

—— 典型的"临死拉个垫背的"。

128 北京公交公司出台新规定："老人上车后没有找到座位前，司机不得启动车辆。"

—— 按目前的社会风气判断，这一招会让老人挨骂更多了。

129　印度人力资源开发部规定，一二年级学生的书包重量不得超过1.5公斤，三至五年级应在2 — 3公斤之间 …… 小孙子正上二年级，我一称他的书包7.8公斤，这也超标太多了，于是向他的母亲建议，给孩子减负。

他的母亲不以为然：印度的规定算什么标准？你孙子书包里的每一样东西都是当天用得着的，少带一样，老师就会批评。

130　江西宜黄的官员公开宣称："没有强拆，就没有新中国。"

—— 霸道，骄横。但他说的是实话。

131　有经验的探险家说：陷于荒无人烟的绝境时，要找寻人或兽的白骨。白骨就是路标，跟着它走就会找到水和食物，甚至是出路。

132　凯恩斯有一次问莉迪娅："亲爱的你在想什么呢?"他妻子回答说什么也没想。凯恩斯大笑："我若是也能这样就好了!"

—— 凯恩斯的大笑，其实是苦笑。想得越多、越深，就越苦，越是从中拔不出来。

133　重庆126路公交车女驾驶员熊跃林，已经41岁了，她自23岁起就起早贪黑地驾驶大公交车，已经有18个年头了。其实，用当下流行的说法，她是个"富婆"，丈夫在建筑行业做得很成功，她的家里有别墅、跑车……

熊跃林却说："自己吃苦长大，这份工作带来的乐趣，别墅、跑车无法代替。"

——她的"另一半"也找得好，懂她、欣赏她，遂成佳偶。

134　北京人牛，"上班像取经"。一份报告显示："北京上班族平均通勤13.2公里，耗时56分钟。"有的一个人在北京上班，全家在为他服务。

——河北燕郊就住着不少北京上班族，有年迈的父母为给孩子占一个有利的上车位置，天天摸黑在公交站排队，就为了让儿女多睡一会儿，上车好有个座，还可以继续迷瞪。有些老人已经这样排了4年的队。似乎不能再用"可怜"来形容这样的父母心，是可感可佩、可歌可泣。

135　一个男人做到三点，便可不惹人厌烦：不熬鸡汤教人做人，不公开谈性，不回忆过去，尤其是大讲"当年勇"。

136　我读到一个细节，一下子明白钟繇为什么能成为一派书法宗师：他向韦诞借蔡邕著的堪称书法经典的《笔势》一书，韦诞不借，钟繇竟气得"顿足捶胸，捶到吐血"。曹操用灵丹才把他救过来。

——爱一本书爱到不要命，想不成功也不行。

137 "吃苦"之所以有好处，道理很简单：凡是养生专家推荐的健康的东西，没有好吃的。

138 以东方人的感觉，美国前总统特朗普似乎很有性格，且不论他的人品和政绩。那么，以前的哪一位美国总统没有显著的性格呢？

于是，得克萨斯的史蒂夫·鲁本泽博士，向美国心理协会提供了一份报告，报告研究了美国历史上41位总统的性格特征，并雇请100名传记作者和历史学家，与592种普通人的性格特性进行比较，得出的结论是："一个人的性格类型，显然决定了他是否能够获得成功。事实上做一个好人，不会让他入主白宫。研究人员发现，这些总统在正直坦率、性格脆弱和整洁有条理方面有所不足。作为配偶或邻居，这些人的性格特点会使他们不受别人欢迎，但正是这些特点使他们脱颖而出，成为成功的领导人。"

这有点让普通人难以理解。报告还说："性格坚强，喜欢阿谀奉承和控制别人，自负自大和独断专行，似乎有助于使总统成为'伟大'的人物。"

——这不是总统们的悲哀，是老百姓的悲哀。

139 许多年来，北方干旱少雨，极少见到痛痛快快的滂沱大雨。大多是天阴得乌乌涂涂，雨下得黏黏糊糊，没有过去夏天常见的乌云压顶、电闪雷鸣……现在这种黏黏糊糊的雨，几乎都是用炮打下来的。这样的人工降雨、人工增雨，是有成本的，便宜的一炮20多万元，贵的一炮要四五十万元。

近读军阀传记，发现奉系军阀张宗昌或许是近代第一个向天开炮求雨的。他督鲁数年，政声不佳，唯有一年干旱求雨留下故事。张宗昌粗鄙无文，却好写诗，在一首《求雨》诗中写道："玉皇爷爷也姓张，为啥为难俺张宗昌？三天之内不下雨，先扒龙王庙，再用大炮轰你娘。"到第三天仍无雨，张宗昌大怒，命令炮团实弹射天。不想炮轰过后，竟然天降甘霖。

——是瞎猫碰上了死耗子，还是真的"神鬼怕恶"？

140 四川军阀刘文辉经营雅康时曾颁一令：凡县衙比学校堂皇者，县长就地正法。

图书在版编目（CIP）数据

人间世笔记 / 蒋子龙著 .—北京：作家出版社，2021.7
ISBN 978-7-5212-1466-6

Ⅰ.①人…　Ⅱ.①蒋　Ⅲ.①散文集－中国－当代　Ⅳ.①I267

中国版本图书馆 CIP 数据核字（2021）第 121824 号

人间世笔记

作　　者：蒋子龙
责任编辑：史佳丽
装帧设计：意匠文化·丁奔亮
出版发行：作家出版社有限公司
社　　址：北京农展馆南里 10 号　　　邮　　编：100125
电话传真：86-10-65067186（发行中心及邮购部）
　　　　　86-10-65004079（总编室）
E-mail:zuojia @ zuojia.net.cn
http://www.zuojiachubanshe.com
印　　刷：北京盛通印刷股份有限公司
成品尺寸：142×210
字　　数：170 千
印　　张：9.5
版　　次：2021 年 8 月第 1 版
印　　次：2021 年 8 月第 1 次印刷
ISBN 978-7-5212-1466-6
定　　价：58.00 元（精装）